亦
舒
作
品

微积分

亦舒

作品

43

CTS

湖南文艺出版社

HUNAN LITERATURE AND ART PUBLISHING HOUSE

博集天卷
CS-BOOKY

微积

目录

微积分

壹·

但是王抑扬，
你要时时刻刻提醒自己，
为什么要走入周宅。

富态的太太们坐一起也谈子女功课。

而且烦恼多，乐趣少。

"放学，立刻换衣服外出，司机没有空，叫出租车，或是同学来接，玩到半夜回来，想起功课未写，打哈欠找人代做。"

"我那个，补习老师来到，他才打开书包。"

"几名补习专家？"

"每样一名，他父亲吩咐，务必做到每科 A，一天到晚唠叨：华先生子女通通考入名校，一个剑桥，另一个史丹福[1]云云。"

---

[1] 即斯坦福大学。

"这是一个什么都要与人比的社会。"

"不怕不识货，只怕货比货。"

"真奇怪全对读书没有兴趣，最不明白怎么会有家境清贫自发自觉品学兼优的好学生。"

"报纸报道：有名少年，一边替父母看守报摊，一边写功课，嘿，读成状元。"

"人家喂孩子吃什么？"

"几时我们也改吃那些。"

"现在找补习老师也越发艰难，时薪八百元还请不到优良家教，有一个大学女生教得不错，但裙子一条比一条短，我只得请她走路。"

"几岁？"

"大学一年级，光是补习月入三万，声言毕业也不想做别的工作。"

"教什么？"

"社会与英国文学。"

"把她姓名地址给我，我不怕裙短。"

这时，静默的周太太忽然扬声："有一科数学，叫微积分，你们可熟悉？"

"那是高中一年级的功课：包含在数学科之内，要是不及格，中学不能毕业。"

"真要命，我家世代做月饼，你说，学微积分有什么用？"

"如今教学方法不一样，说是每科对生活都有帮助，有利于学生做一个文明人，提高社会以至国民水平。"

"我学过几何与三角代数，毕业后迄今未尝用过一次，往瑞士两年学家政，光是学单手打蛋学半年……所有用在学校的时间都是浪费。"

周太太也气恼："我家小宝，微积分再不及格，又要转校。"

"别的科目呢？"

"都还算过得去。"

"那就算了。"

"不是你的女儿，你当然那样说。"

有人识趣，连忙谈其他："董家的儿子会读书，今年拿建筑科硕士，十年辛勤，嘿，他却不愿加入父亲的公司大展宏图，你猜他做什么？"

"什么？"众人好奇。

"他坚持画漫画，此刻董氏父子已经没有对白，董太太夹在中央，好不痛苦，她对我说：'减寿啊。'"

"当初老董也不喜建筑，一早与同学组织乐队，在会所客串赚外快，可是终于屈服于父势，回到学府，不同今日，自由民主得没个谱。"

周太太回到原先题目："可有人补微积分？"

"怎么没有。"

"我们小宝需要恶补。"

一位胖胖的盛装太太说："我倒想起一个人，去年我家大儿有同样烦恼，他不是不用功勤力，但一遇到这门功课，先吓呆了——"

"喂，你别老从咸丰年讲起，拣精要的说。"

"长话短说，有人推荐一名家教，三个月之内，大儿破涕而笑，自 F 升 B。"

"什么，如此神力，他是什么人？"

"一个年轻人，他每次上门，我都出外应酬，那太平扶幼助学会不知多少餐会要我出席,我没见过他,我只看到分数。"

众人动容,"后来呢?"

"没有后来,应付完中学毕业试,大儿到英国读经济,再也不提数学。"

周太太这时挪近座椅,手放在同伴手上,诚恳地说:"求你救助我,把那神算的姓名电话告知我,来日我一定报答你。"

"会有这样严重?别开玩笑,弄得大家连糕点都吃不下。"

盛装太太却认真起来:"周太太,我也求过你出让手上这只红色鳄鱼皮侧边绣金龙的手袋——"

周太太二话不说,拎起那只夸张手袋,打开,一倒,把里边杂物全部倾茶桌上,把空手袋递给同伴:"你的。"

女伴们惊呼:"有这样凄厉?"

对方不好意思:"我随口讲讲。"

"不,你收下,是我对朋友不够体贴。"

"我立刻替你把那小师傅请出。"

周太太仿佛死囚获得缓刑，松一口气，叫侍者取来纸袋，把化妆品梳子电话等杂物放进。

"周太太，你太紧张了。"

"儿孙自有儿孙福，况且小宝是个女孩子，催逼得太紧，也不是好事。"

说起别人子女，都是专家，所以有易子而教这句话。

片刻，打完电话，有好消息。"那小青年叫王抑扬，二十五岁，在理工学院读博士学位，他修放射物理，那是什么？且不去理它，电邮号码在此，他愿上门教授，每次一个半小时，即九十分钟，收费是——"

"哗。"

周太太答："没问题。"

"如此绝望——"

周太太苦笑，抓起纸袋："与诸位喝下午茶很少有如此重大收获，我先走一步。"

"啐你。"

她丢下名贵红色手袋匆匆离去。

女伴们细细欣赏那只皮包，"据说目前只有一只，"啧啧称奇，"周琴真是慷慨。"

那边周太太的车子已经驶近，她在雪亮车窗照到自己的身影，仍然秀丽，但与从前是不能比了。

不知怎的，她一直穿时髦衣装，头发肌肤都无微不至维护保养，远看真还像二十多三十，但一照到眉梢眼角，便知是中年女子。

不，她没有显著皱纹，是那股无奈与失落，自双目最深处透出，叫她苍老。

回到家，第一件事是脱掉外套高跟鞋，走到书房，喝口冰冻矿泉水，取出私人电脑，输入那个重要电邮号码，这样说："周宅欲聘阁下担任十五岁中学生数学家教，条件一如阁下所需——"

她删除，改为亲切一些的文字："王同学，我是周阿姨，希望你替十五岁的小女周昵补习数学，条件依你开出没有问题，每星期两次可方便？她每天下午三时放学，请速复。"

她吁一口气，书到用时方知少，一读就知道是草包所书。

她换上便服，打开报纸，看到娱乐版两名富商结亲家办喜席，前后五名行政长官齐到贺盛况实录。

年轻漂亮的新娘子头戴钻冠，像一个公主。

可是男女双方家长却站得很开，保持礼貌距离。

记者极之识相，没有提及，两对亲家，早已离异。

周琴想起，她结婚也戴钻冠，一圈宝石在头顶闪闪生光，姐妹淘赞不绝口："太漂亮了，将来我也要这样打扮。"

在那之前，她在美国读大学，与周氏结婚，是因为觉得应该结婚了。

王同学有回复。

"周阿姨，我明日下午三时半可到府上面试，如果合适，补习即可开始，请小朋友准备功课笔记讲义，抑扬。"

中文也相当流利。

不知是否传说中那种家里没有书桌，七兄弟姐妹挤木板隔间房也能考第一的神童。

她扬声："小宝回来没有？"

"看电影去了，吩咐阿忠六时接回。"

"给她打电话，叫她马上回来。"

"太太，"老保姆劝说，"让她看完电影再说吧，免得她又生气，没差多少时间。"

"我为什么要怕她生气？"

保姆会说话："太太，因为她是你的爱女呀。"

"为什么没人怕我动气？"

"太太，你大人有大量，你是明白人。"

这时，楼梯响，有人轻轻走下。

"给我站住。"

"亲爱的妈妈，是我。"

那是她的大女，"是你又怎样？"

"我周昭也是妈妈的爱女。"

这话真确，周太太作不得声。

"你又去什么地方？"

她双手提着大提琴盒子，"我往灵根养老所表演，娱乐长者。"

"那是应该的。"

"妈，你有话说？"

"阿昆几时回转？"

"他没讲。"

"你与他谈得拢?"

"他已二十一岁成年,他不回来,报警也不管用。"

"当初你爸不该把他送往英国。"

周昭走近,手放在母亲肩上:"别担心他,母亲你为着他都憔悴了。"

"你爸上个月已冻结他户头。"

"爸老是这样雷霆教训子女。"

"都是父母的错。"

一向算是温顺的周昭居然理直气壮地说:"那自然,我们年幼无知嘛。"

"你严父限你最迟下月一号到他公司报到。"

"我要迟到了。"

"你是我最乖的孩子。"

周昭走近,与母亲拥抱一下。

她穿一条白领子淡蓝裙子,像英国作家路易斯·卡路 [1]

---

[1] 即刘易斯·卡罗尔。

笔下梦游仙境的爱丽丝。

爱丽丝的遭遇，其实再写实不过，每个怪异人物，都可以在现实社会遇着，甚至更坏。

周太太叹口气，每天不用挑不用抬，不知怎的，偏偏累得不像话。

刚想休息，小周昵回来了。

花衬衫，白窄裤，春季打扮，衬着花一样面孔，与别的少女不一样。

周昵略胖，她甚至有一个小小双下巴，面孔看上去像香滑糯米糍般可爱。

"妈妈有话说。"

"同谁看电影？"

"朋友。"

答非所问，就是不讲给你听。

"男友还是女友？"

"有男友，也有女友。"

依然不得要领。

那样可爱的少女对母亲的态度如此讨厌。

"明天一放学立刻回家，新的补习老师要见你。"

"我的分数平均七十九，算是过得去。"

"你的微积分不及格。"

"我们不是艾萨克·牛顿，我们的生命不由微积分统治。"

周太太冷笑："你总算知道牛顿与微积分有联系。"

"我拒绝——"

"周小姐，你一日住在我家，衣食住行零用学费全靠我，我说什么，你得听什么。"

保姆连忙说："太太不必说重话，小宝一向算听话。"

小宝顽强地说："我恨你们，我恨微积分。"

她噔噔上楼，把高筒球鞋自高处扔下抗议："刻薄的老女人。"

周太太忍不住大声说："很快我会息劳归主，你们通通可得解放。"

保姆骇笑。

周太太无奈地说："我不干了，我可不可以辞工？"

老保姆怔在一边，无言。

电话响起，救了她，她向东家报告："凌医生医务所让你去打针。"

周琴换换面孔,匆匆更衣。

凌医生是不同系的老同学,人家自己争气,辛勤多年,终于成为本市著名矫形医生,客似云来。

"琴,你看你面部肌肉绷得紧紧如判官,这是干什么?老周每晚回家睡,你生活仍算称心,不必与自己过不去。"

"呸。"

"该处与该处都要注射,嘴角老向下,很快变婆子,一个女子笑与不笑,心情是否开朗,相貌相差十年。"

周琴不出声。

"公子与千金有对象没有,几时请喝喜酒?"

"喂,医生,你有完没完。"

"胸部这样松,我替你做一做。"

周琴忽然跳起:"啊,不行,我忘记明日要见客。"

"放心,我做注射,一向不在看得见的地方,那样才显得自然。"

敷过止痛药,针下去仍然痛彻心扉,周琴挤出眼泪。

她轻轻说:"我不干了。"

凌医生了解她："我也放下手术刀针筒好不好，让所有中年女子回到自然。你见过上几代五十岁的人没有，全无加工，白发萧萧，黄黑皮肤一脸皱，唇角打褶，牙齿又歪又漏，或许还有烟渍。像那种荒废大屋，杂草丛生，窗户打烂，墙砖崩落，天地万物，都靠维修，你有什么意见？"

"地球不必维修。"

"嘿，什么叫环保？那是一项事业啊。"

周琴忍不住牵嘴角。

"老同学，几时趁老周出差，约个时间我替你垫胸抽脂。"

"生意很好吧。"

凌医生扬扬得意："全城一半美女都是我的杰作。"

"科学怪医。"

"哈哈哈，你说得真确。"

虽然没有家庭子女，事业如此成功，夫复何求。

她说下去："秘诀是'看不出来'。"

周琴坐起，叹口气。

"司机接送，家住华厦，满身珠翠，缘何嗟叹。美中不足？"

"难言之隐。"

"周琴，儿孙自有儿孙福。"

一言讲到周琴心坎里，她忽然哽咽。

"哎哎哎，不许哭，你见过毕加索名作《哭泣的女子》没有，中年人流泪，就是那个样子。"

看护扶起周琴，给她服止痛药。

周琴照镜子，觉得满意，面孔肌肉松软得多，少却愁苦，顿觉开扬。

看护说："周太太头发要去做颜色了。"

真技巧，染白发现在叫做颜色。

何止如此，周琴年轻时庆幸没有近视，现在老花特别厉害。

她豁达地配一副白金镶细钻镜框，阅读时戴上。

回到家，只她一副碗筷。

"叫她们下来。"

半晌，大小姐先出现。

"母亲回来了。"

吃不下饭，只喝半碗汤，一只手五指做按弦状，不停操动，纤弱的周昭一向胃口欠佳。

周昵出现，她母亲吓一跳。

周昵穿着一件怪上衣，乍看以为她露出一大半乳房，穿红色香艳胸罩，细看，才知道是印上去的照片，堪称栩栩如生。

周太太生气，霍地站起："脱掉！"

周昵瞪眼："这只是一件 T 恤。"

"立刻换衣服。"

周昭解围："小宝，快去换上衣。"

"我穿又不是你穿——"

保姆连忙把小宝拉往楼上。

周琴再也吃不下饭，丢下筷子就走。

她在房门外高声斥责："以后不许穿这种低级下作的衣物进门。"

房内有摔东西的声音。

这时周先生回来，他苦恼地说："每次到家就听到喳喳喳哗哗哗吵闹之声，家里三个美女，没有一个送上香吻。"

话没说完，周昭自背后抱住父亲："有我呢。"

周先生笑起来。

周太太在女儿房门外说："再胡闹，我把你撵出去。"

保姆做好做歹："她真走出家门，你更要担心。"

周先生这样说："更年期火撞青春期。"

"谁，谁更年期，你？"

第二早，针孔不那么痛，她出去染发。

换上见客服，才下楼，王同学已经报到，坐在会客室等候。

周太太问："小宝人呢？"

"放学途中，十分钟到。"

她走进会客室："王同学——"

那年轻人站起转头。

周琴一怔，啊，这样漂亮的青年，高大挺拔，容长面孔，一股书卷气，一双眼睛炯炯有神。

她以为他是一个平凡书读头。

"请坐，喝杯茶。"

她已准备一张支票，放信封里递上。

"学生很快就到。"

年轻人穿白衬衫卡其裤,已经斯文美观,黑球鞋左右镶着银翼,有点俏皮幽默。

周琴一时不知如何说话。

嗬,多久没看到那般明亮的双眼,只有读书时一两个男同学有类似眉眼。

一次凌医生同她说:"他们不是真的漂亮。"指少男少女,"他们只是年轻,日后也全会被酒色财气熏得焦头烂额。"

看来凌医生观察得再正确没有。

周太太这样说:"每星期两次不知够否?"

"应该够了。"

声音比年岁低沉。

周琴说:"有句话讲在前头,小女有点淘气,你要多多包涵。"

这时保姆捧入大摞参考书,年轻人过去相帮,肌肉运动,双臂鼓鼓,嗬,年轻力壮,一本册子掉地上,他蹲下捡拾,裤子绷紧。

周琴转过头，不知多久没留意男子身段，今天有点奇怪。

这时周昵放学回来，圆脸圆眼张望一下。

周太太介绍："这是王老师。"

那王老师看到晒得红通通一张娃娃脸，也是一怔，这家人长得好看。

周太太吩咐："梳洗一下，到课室补习。"

小课室长窗外是草地，室中放着一张大大木桌子，文房用具齐备。

保姆拿一只垫子与饮料给老师。

垫子上图案是马蒂斯晚年的剪纸画。

这些，小青年都看在眼内。

不久，王小姐走进，一声不响，坐桌子另一边。

她长发束脑后，可是乌亮黑发生命力不可挡。在额角鬓角逃逸，毛毛飞扬，十分可爱。

"请把功课取出我看。"

啪啪，簿子丢桌子上，她明显不愿把美好五月有阳光的下午用在补习上。

打开功课，不禁好笑，平日功课大概不经意自同学处抄下，错漏百出，测验卷子，全部红色F字，有时白卷上另有一个手指印。

王老师吁出一口气。

"我们要从头开始。"

少女眼睛看天花板。

"请小心听着。"

一阵叫人心旷神怡的微风吹进，水晶灯的璎珞叮叮微响。

春天，的确不是读书天。

王老师这样说："微积分，是数学中的易经，但凡物质数量在时间过程里变迁，均可以微积分计算。"

少女这样答："我一字听不明。"

"何处不明？"

"通通不明，也不想明。明来干什么？"

王老师说下去："该数学的学科分微分与积分两部分，研究变量，用以解决许多数学问题。"

"仍然不明。"

"让我们做例题温习，你应该学到第五章，我们由第一章开始重做——"

他取出私人秘方，给学生一张测验卷。

Chapter 1

1.Which of the following can not be used to find the slope of a line ?

a. $m=rise/run$

b. $m=(y_1-x_1)/(y_2-x_2)$

c. $m=(y_1-y_2)/(x_1-x_2)$

d. $m=(y_2-y_1)/(x_2-x_1)$

2. Which of the following are functions ?

a. $f(x)=5x+3$

b. $y=\cos 5x$

c. $x=2$

d. $f(x)=6/(x^2+4)$

e. $x^2+y^2=144$

3. Any nonvertical lines are parallel if they have_____.

少女戴上耳机听音乐，手提电话铃铃作响。

保姆走进除去她耳机，没收电话，又出去。

"这些我都懂。"

"请把答案再写一次，下星期段考，温故知新。"

她不耐烦，站起，唰地脱下校服外套，露出内里昨日穿过挨骂的不恰当 T 恤。

王老师看到一怔，不敢笑，佯装低头。

如此隆胸当然不属于少女。

周昵还没坐下，课室门外已传来呵斥声："马上换下来。"

那是周太太怒不可遏的声音。

一件衣服，怎么会惹得家长动那么大的气？

"我偏要穿。"

啊，是态度问题，少女刁钻不驯，才叫大人气愤。

周太太忍无可忍，当着老师面，忽然，起手，一掌掴过去。

少女呆住，自小至大母亲从来不打子女，头一遭，她不知如何闪避。

说时迟那时快，王青年不假思索见义勇为挡在母女之间，周太太收手不及，啪的一声，打在补习老师脸上。

三个人都怔住，后悔已经太迟。

保姆正拿水果进来，吓得摔掉盘子，她也从未见过如此暴力场面。

最受惊吓的是周太太本人，"我——我——"她说不出话。

王老师立刻镇定，他懂事地坐下，"没事，没事，误会，误会，请问有无冰茶，我们刚要开始温习。"

一边面孔麻辣，这一掌并不轻。

周昵知道母亲是动了真气，也不敢再吭声，缓缓坐下，打开课本。

周太太还在道歉："对不起，对不起。"

王老师说："真的没事，周昵，立刻开始做第一题。"

周昵立刻抓起笔。

周太太被保姆劝出。

课室忽然像个课室。

王老师轻轻指点："这一题，"用红笔圈住，"试卷一定会出，多写两次，背熟它，搬字过纸绝非读书好方法，但段考在即——"

小小声音："对不起。"

"快些写，chop chop[1]。"

保姆取一条冰毛巾给老师敷脸，幸亏没有红印。

"方便的话请给我一个汉堡。"

"有，有。"

淘气的周昵则从来没有如此内疚过。

第一课就叫老师挨打，太过离谱。

接着，老师把她功课上的错处一一指正。

她如醍醐灌顶，噫噫连声。

"这是第二章、第三章的补习，一有空立刻做，星期三我来检查。"

时间到了。

周太太在门口等他，"王同学，可要司机送你？"

"我驾伟士牌，不用客气。"

"王老师——"

---

[1] 即"快，赶快"。

"星期三见。"

没想到他丝毫不见怪,这青年有涵养。

保姆轻轻说:"这一打也有好处,小宝总算静下来了。"

周太太一声不响,羞愧得不能自拔。

是什么叫她如此动气,似有邪魔附身?

她知道答案。

因为有一次,她亲眼看见一个穿红色小背心的半裸胸艳女依偎在丈夫身边卖弄风月,那次,是损友在会所为他庆祝五十大寿。

她泪盈于睫整晚锁在房内。

那边,王同学驾驶小小伟士牌摩托车在繁忙车流里左穿右插,用最快时间回到宿舍。

房门外贴着众女生给他的布告,一些连信封也没有,干脆一个唇印,一个签名。

他通通摘下,开门进屋,把字条扔到废纸箱。

那晚,他如此写日志。

"终于见到周家上下。

"周太太明显患抑郁症,小女儿周昵,多好听的名字,可见周氏不是没有文化，昵，是亲近的意思，这少女功课一塌糊涂，上课不知做什么白日梦。

"但她母亲似有不可告人理由硬逼她用功，其实到网上找一找，代做家课以及学生文凭唾手可得，犯不着烦恼。

"我面孔挡了一记耳光，不多写了。

"纵然有烦恼，周宅丰衣足食，叫人羡慕。

"春天在他们家的阳光草地里特别像春天。

"家中布置雅洁，叫人舒服，不像暴发户。

"但是王抑扬，你要时时刻刻提醒自己，为什么要走入周宅。"

经过这一天，他也累了，和衣在小床睡着。

星期三，他上门补习。

学生已在等他，看到他还一鞠躬："老师好。"

王抑扬点点头。

周昵出示家课："这，这，这，想破脑袋，也不知发生何事。"

"一步步来。"

她藕一般手臂搁桌子上苦算，偶尔抬头，吁口气，再写。

老师又给暗示："这一题，写三次。"

保姆拿冰激凌放桌上，周昵把两杯全拨到自己面前，大口享用。

如果不是要替她补习，而且必须在短期见功，周昵也是一个可爱少女。

该天，当然又超时。

少女开始扭动身体。

"坐好。"

这时，王抑扬忽然听见不远之处传来银铃般轻轻笑声。

周昵咕哝："讨厌啊，又练琴。"

在少女口中，世事均十分讨厌。

"她与她同学共三把琴，叽叽咕咕，吵得人头昏脑涨。"

室乐团应该有四把琴，啊，莫非是大中小提琴三重奏？

果然，调好弦，乐章一开始，他便认出是圣－桑的大提琴——A minor 协奏曲，虽然大提琴的低沉音色被凄美的小提琴抢走，仍然听得到它的呜咽。

王抑扬侧耳细听。

保姆却轻轻掩上门。

王老师借故洗手，走出走廊，看到偏厅里家具已搬到一边，当中坐三个穿白裙的少女，正在凝神练琴。

她们之中又以拉大提琴的最秀美，不施脂粉，清丽脱俗，大提琴面积比她身体大两倍，但她像驯兽师，让琴乖乖听她指示，靠在腿上，自由支使。

他看得呆了，她们像三个小仙子。

再回到课室，已经心不在焉。

他心中说：王抑扬你有备而来——

他听得周昵问："为什么在这里……"

不羁的心又回转。

奇怪，仙子般的少女一向不是他那杯茶，淘气顽皮的女孩更叫他敬而远之。

周太太进来："请到餐厅用点心。"

他肚子也委实有点饿。

周昵想跟去，又不敢。

王老师示意她一起。

谁知周太太瞪女儿一眼："你坐下，写功课。"

到了餐厅，发觉今日下午点心是一块小小牛腰肉拌芦笋，他大快朵颐。

抹抹嘴，喝口咖啡，才想站起，忽然有人进来，啊，是那个拉大提琴的小仙子，近看，她的脸只有巴掌大小，弱不禁风。

两个年轻人对视半晌。

她斟杯水，喝一口，轻轻问："请问你是谁？"

"我叫王抑扬，替周昵补习。"

她缓缓坐下："啊，我是小宝姐姐，我叫周昭。"

"你手上还拿着琴弓。"

她忽然这样说："弓在人在。"

那支弓足可做武器。

王抑扬忍不住说："很少有女生拉大提琴。"

"是呀，"周昭微笑，"像一件家具，大不可当，琴盒底有轮子，抱着走，出门最不方便，上车下车不知怎样搬。"

王抑扬笑出声。

这时周昵走进，见大姐与老师谈得那么高兴，忽然看不过眼。

她走到老师面前："请来查阅功课。"

拉起老师衣角，自大姐身边走过。

稍后他吩咐下功课就告辞。

在门口，只见周昭把大提琴提上车厢后座，司机帮忙，粗手粗脚，王抑扬走近，用目光量度空间，把琴转一个弯，顺利放入。

"谢谢。"

"不客气。"

他骑上小小摩托车离去。

那天晚上，周氏回家，身后跟着助手，替他挽着公文包，进门后在玄关一声不响阅文件。

周氏问："小宝又外出？"

"在房内做功课。"

他一怔，忽然笑："哟，太阳西边出，六月飞雪，周家将要贵不可言。"

保姆不高兴："周先生一向飞黄腾达。"

"我累了，眠一会儿，太太可在家？"

"太太到儿童医院开会。"

他点点头上楼梯。

保姆请助手到偏厅喝杯茶。

不到一小时周氏更衣出门，同助手说："越睡越累。"

应该是下班时候，他还得亲身出去应付客户，可见也不容易。

饶是如此，势利社会并没有把他列入甲级生意人，顶多算他二级王，这是他最遗憾之处，事事做足，总还似少了什么。

若能来一个联婚就好，略为高攀，事半功倍。

这些事，应由周夫人动脑筋，偏偏她热衷从不举行盛大舞会的真正慈善机构如宣明会、微笑行动、奥比斯眼科及儿童医院，努力捐赠。

尤其是儿童医院，有时一星期三次。

微积分

贰·

王趋向前，
握住她的手，
她叫他想起另外一个不幸女子，
他落下泪。

周末，周琴到儿童医院早产儿科服务。

她有固定访问床位，那婴儿叫陈一，名字由院方所取，他没有亲人探访，住院已经整月。

一点点大，像老鼠，开头只得两磅半重，但生命力强，挣扎整月，已有三磅多一点点，可捧在手掌里，一日，周琴轻轻说："你是掌上明珠。"看护也轻轻说："陈一是男子汉。"

义工服务员工作简单，只需把幼婴抱怀中，与他说话或是轻摇即可，每次二十分钟。

这一天，周琴发觉有人捷足先登，陈一已经在该人怀中，那人戴帽子与口罩，抬起头，才知是个男子。

他微笑："周阿姨，你也在这里。"

王老师！

真没想到大男孩周末不打球不约会女生，却跑来抱着婴儿做义工。

"陈一今日精神不错，哭了好一会儿。"

"啊，那是进步，哭泣需要极大力气。"

"证明他肺部功能有进步。"

看护进来说："你们俩认识？你的二十分钟已到，肿瘤科病人等你讲故事，把陈一让给周太太。"

周琴小心接过婴儿，他身上接有各式各样管子，婴儿像提线木偶。

周琴收拾心情，用愉快的声音，轻轻呢喃："好吗，今日吃得怎样，嗬，我们是用鼻管吃奶，多稀罕，将来个子大了，可以开樽，再用杯子——光是吃的器具林林总总——"

她把婴儿贴近胸口。

看护说："陈一进度理想，已有三个家庭申请领养，他会有丰富人生。"

"刚才那位王先生——"

"他是说故事专家，孩子们喜欢他，他是义工明星。"

"来多久了？"

"大半年，风雨不改。"

时间到了，周琴放下陈一，婴儿睁开眼，像是要认人，周琴真是不舍得。

本来准备离去，转念到肿瘤科张望。

等候室有十多个孩子围牢白衬衫卡其裤的王抑扬听故事。

在说什么，美猴王抑或星球大战？

她站到门角，听他低沉但活泼的声音说了一则小故事，开头，不明所以然，慢慢领悟，噫，他在对孩子们说《庄子》"没有脚指头的废人"：鲁国一个无脚指头的人去见孔子，孔子拒见，那人说："我虽无足趾，但身上还有更重要的部位，难道，不能教导徒儿吗？"孔子急忙道歉，不敢怠慢。庄子认为身体纵有残缺，也不能判定那人是废人。

周琴发怔，这王老师有意思。

难得十岁八岁的孩子们却听得懂，上前抱住王老师。

这时，王老师才解释，谁是孔子，什么人又是庄子，鲁国是何朝代……

周琴静静离去。

上车前，她拨电话给儿子周昆，他倒是不畏时差："敬爱的母亲，你好，找我何事？"

"音乐声收小一点。"

"考完试我会回来一趟。"

"我的意思，你收拾一下干脆回家帮父亲工作。"

他迟疑一下："我这边有朋友。"

"那些人不是好淘伴。"

"子非鱼，安知鱼之乐。"

他也在读《庄子》。

"本市有许多美女等着你。"

"全城只有母亲是美女。"

"快些订飞机票回来。"

这时，有人叫他名字。

周琴识趣地挂上电话。

两个差不多年纪的大男孩，人家的儿子就是优胜多多，懂规矩有方向够集中，半工读，照顾自己，还能到儿童医院说《庄子》，真是不能比。

上次到伦敦见周昆，陪他清早在酒庄处买新葡萄酒，抢到两箱，欣喜若狂，亲吻母亲，这样的儿子，不把他逮回，说不过去。

不过，最叫周琴担心的是——

"阿姨还未走？"

她抬头，是王老师。

微雨，他脸上沾着细雨珠，这时看，添些忧郁，这大男孩怎么样都好看。

"你也是儿童医院义工？"

"我每星期还往善终所及野生动物庇护处。"

"啊。"

"主要是让老人不觉得太孤寂。"

"你有善心。"

他微笑："周昵下月一号考试，我想星期日多上一次课。"

"欢迎还来不及。"

"那么，再会。"

回到家，王抑扬淋浴，阅笔记，写日志。

"周家诸女难以分类，没有什么可证明她们是坏人，当然，也不见得是好人，没有利害冲突之际，她们只是普通人。

"周太太并不骄矜，容易亲近，对子女有过分殷切的期望，或是说憧憬，她想尽一己之力安排他们每一步人生路。

"我认识了大小姐周昭，昭指明亮显扬，她与她的大提琴，是一幅图画，提琴是史特拉底华利[1]牌，可见父母对她何等宠爱，琴技普通，最多在大学演奏厅表演，但姿势优美，令人心痛。

"大小姐与妹妹品貌完全不一样，奇怪，两人所得因子相同，却存变数。"

女生在门外叫他："抑扬，在家吗？一起喝杯啤酒。"

他佯装不在，稍后睡着。

醒来，到小厨房找水喝，又有人敲门。

他忍不住打开看，一个穿短裤小背心的少女坐门口，

---

[1]　即 Antonio Stradivari，史特拉底瓦里，意大利著名提琴制作家。

像是有些时间了。

她伸手拍蚊子，光致大腿已被叮肿。

王这样淡淡问："有事？"

"不请我进去坐一会儿？"

"我忙功课，你请回。"

"将来有一天，你会后悔啊。"

"我肯定会。"

王抑扬关上门。

他也寂寞，他也希望怀中有温暖的女体，轻轻对她说出心事。

但事情永远不会如此简单，他见过师兄放进漂亮女生：她不愿离去，他也怕她走开，两人变成半同居。

舍监多次警告，下逐客令，结果被逼搬离宿舍，住到小公寓。

谁做清洁，谁煮三餐，全成问题，能够克服的很快谈到婚嫁，那可爱年轻女子忽然变成老母鸡，事事要问，什么都管，不然就哭闹……女性果真如此难缠？嘿！据说不喜欢你还不屑折磨你，于是，师兄很痛苦快乐地过着日子，不过，就没时间干什么大事了。

另一边，清早，周氏出门。

周太太问："咦，你去何处？"

"往伦敦把周昆押回。"

"这么急？他说好下月回转。"

"我听到一些传言。"

"又说什么，他功课勉强，可是这样？"

"回来再说。"

"你一个去？"

"你若有怀疑，可以一起出发，来回飞行三十小时，欢迎之至。"

"速去速回，请勿游荡。"

"你真幽默。"

周琴吩咐他助手："每天打电话回家。"

"明白，周太太。"

就如此匆匆出门。

周琴胃里像塞进块石头，低头沉吟半晌，同保姆说："阿昆就要回来，替他收拾一下。"

"知道。"

"小宝呢?"

"老师来了,在补习呢。"

"王老师这么早到?"

"八时半就来揿铃,真难得。"

"小宝没有异议?"

"人夹人缘,小宝与他投机。"

她走进小课室,周昵一见母亲便说:"妈妈,现在我认得它,它也认得我了。"

周琴讶异。

"妈妈,我看懂微积分的密码,我不再怕它。"

周琴惊喜。

"原来我不是讨厌它,我只是一直怕它。"

周昵笑嘻嘻。

她可怜的母亲已经不知多久没见过小女儿的欢颜,她不由得说:"要谢谢王老师。"

小宝不服:"我自己聪明呢。"

"是,聪明,你聪明。"

她叫用人做早点。

周昵听见大声说："我要吃粢饭油条。"

她一点也不怕胖。

王老师用手指指向课本，笃笃发响。

保姆说："小王老师有办法。"

周琴不说话。

小男生像是天上掉下的礼物，叫一屋气鼓鼓的女子露出笑容。

她踌躇一下，用电话找到王老师的介绍人。

那富态太太听是她未言先笑："多谢你承让，那只手袋叫我出尽风头。"

"我想问一下，你从何处认识王老师的？"

"哪个王老师？"

"补习数学的老师。"

"那是小儿表哥推荐，说是神算子，有什么事？"

"没有没有。"

"那手袋，你打个七折——"

"哪里哪里，你若不嫌弃，当作生日礼物好了。"

"唷，周琴，谢谢你。"

周琴想一想，王抑扬是个陌生人，但今日才要求查阅他身份证明，毕业文凭，或是驾驶执照，也略迟了些。

她在互联网上查王抑扬这个名字。

有两人同名同姓，一个是老年天主教神父，另一个是女性妇产科医生。

周琴笑出声。

再查脸书……并无此人。

这倒是像她，迄今还是到银行付账。

早餐到了，师生二人狼吞虎咽快吃粢饭，喝豆浆时嗯嗯连声。

周昵笑："我遇到对头了。"

周琴见他们如此高兴，倒也安慰。

大小姐下楼："什么食物那么香？"

保姆说："我给你一团。"

"啊，老师来了。"

"别打扰小宝。"

周昭问："学好微积分有何用？"

她母亲忽然诙谐："应付考试。"

母女都笑出声。

保姆也欢喜。

周氏不止去三五天，整整一星期才偕周昆回转。

其间那助手乖巧地向周太太报告："周先生一到就往设计学院找周昆，但校方说他早已退学。周先生大怒，往公寓寻人，门一打开，乌烟瘴气，一闻就知道是大麻气味。屋里像公社，五六个衣衫不整的蓬头年轻人同住，周先生震惊。"

周太太再也笑不出。

第二天："周先生着我先带出周昆，到酒店安顿，然后找来三名保镖，把不法住客驱逐，令清洁工人大扫除。"

第三天："周昆不愿回家。"

第四天："周先生押周昆到医生处检查，周昆得传染病，医生表示可以特效药医治。"

他母亲缓缓走到卫生间呕吐。

第五天："周昆住疗养院休息，那群住客中有一人特别麻烦，缠住周先生，此人只有一个目的：勒索。本可知会警方，但周先生不欲张扬，他星期日会回来。"

周太太也找凌医生。

"呼吸困难，回不过气，如此吃苦，想回老家。"

凌医生说："你我没有这种福气，家母一生气，便往我大哥家小住，腻了，又往我弟妹处，我们往何处？"

她开一些宁神药物给她。

蹒跚回家，在玄关便听见周昵清脆的声音问老师："为什么他们都叫什么子什么子，而老师你，读这些古人言语，有什么好处？"

"快些算数。"

"说给我知道。"

老师只得回答："我读你听：巧者劳而智者忧，无能者无所求，饱食而遨游，泛若不系之舟，虚而遨游者也。"

"哇哈，"周昵大笑，"这不是讽刺我吗？"

周太太颔首。

周昵问："背会这十五个题目，可得几分？"

"试题只有十二个，你若谙九个，即三分之二，可得B级。"

"你这样会算，算得到未来吗？"

老师不答。

"微积分如此精妙，擅计变易，可算到你我命运否？"

周太太喃喃说："泛若不系之舟。"

王老师说："下周一你要冷静地走进课室，打开试卷，写出最好成绩。"

"之后呢，你还是要教我的吧？"

"那要看家长的意思。"

周太太现身："请王老师一直教导小女，她的物理生化及莎士比亚也要进步。"

王老师骇笑。

周昳立刻嘟起嘴，本来就软厚的粉红嘴唇此刻看上去像小枕头。

老师微笑，收拾书簿下课。

走到门口，看到大闸打开，一辆黑色大房车驶进，门房连忙说："王老师，请走这边。"

伟士牌小巧，自边门顺利驶出。

他回头看一下，只见大车门打开，周氏先下车，随后跟着几个人。

王抑扬脸色忽然沉落，低头驶走摩托车。

他这样写日志："男丁回来了。"

是，周昆由男护士扶着下车，缓缓走回家中。

他瘦削苍白软弱，似注射过麻醉剂好叫他安静地乘长途飞机，又似带病，脸容憔悴，皮肤泛一层黑油，眼睛都睁不大，身上有气味。

保姆迎上，吩咐男护士即刻替他沐浴更衣。

周氏说："请医生。"

这回连周昵也不再多嘴，静静地在课室门缝张望。

周昭刚想下楼，看到这种情形，连忙往房里躲着练琴。

大提琴声音听上去比往日更加寂寥。

周昆蹒跚地走进自己房间。

医生与看护也相继来到。

周宅子女居住部分相当宽敞，像一个小单位，分会客室、书房与睡房，设备齐全。

周昆喘气，一声不响随诸人摆布。

周先生脸色似锅底，锁在大书房里。

幸亏住所面积大，一家人一星期不见面是等闲。

周琴等医生出来。

医生轻轻说："他十分疲倦，初期戒药，一定如此，至于传染病，那边医生同我联络，已受控制，不是艾滋，继续服药即可，我已同他说明，若不听话，就送往勒戒所。"

周太太无言，半晌才说："伦敦不是好地方。"

医生不答："我明日再来。"

助手送他们出去。

周太太问："你还知道什么？"

"周先生没想到短短一年，他会沉沦到这个地步。"

"我还以为他在考试，谁传来消息？"

"他堂姐觉察端倪实在惊惶，知会周先生。"

周太太深呼吸："这下子全部亲戚都知道了。"

"周先生给她助学金让她保守秘密，一年后再给余数。"

"周昆要戒的是什么？"

"海洛因用者近年高升。"

"可能彻底戒甩？"

"有许多成功例子。"

"谢谢你。"周太太声音越来越低。

"我先回公司。"

保姆叫司机送他。

周太太对老保姆说："我也知周昆不会有大出息，独当一面，扬名国际，但真想不到会如此下作，真叫我心灰意冷。"

"少年总会行差踏错，回头是岸。"

"保姆你想想，阿昆小时候人见人爱，他每年生日，周先生必然送我一份礼物，五六岁便有小女孩围着团团转，没想到，真没想到。"

保姆不作声。

"从前，我会追究自身做错何事，是否纵坏了他，抑或还有什么不周到之处，现在我不会自责，命该如此。"

"太太。"

"我累得不得了，我要休息。"

过两日，周昵数学考试成绩发榜。

她瞪大眼睛，不相信卷首那个 B 字。

哗，原来真是勤有功。

被押在课室补习至筋疲力尽，捧住头痛苦大叫，也曾生气，把课本扫到地上，但老师绝不生气，只等她气消，再接再厉。

成绩斐然。

本来这样高兴的事，可向母亲邀功，起码可讨得一季新衣，但大哥回来，家里发生不愉快的事，她的喜讯，也只得暂时按下。

周昵把试卷给姐姐看。

周昭不信："你私自把分数改过？"

"姐，王老师叫我茅塞顿开。"

"有这样好事，"周昭又好气又好笑，"妈妈知道没？"

"妈妈精神欠佳，我稍后才说。"

"几时这样懂事？"

"班上一个韩裔同学，每次拿九十二分，她都沮丧：'我爸会杀死我。'她五科平均分是九十八。"

周昭静一会儿，问妹妹："见过哥没有？"

"没有，半夜听见他饮泣，有点恐怖，像白朗蒂[1]等英

––––––––––––––––––

[1] 即勃朗特姐妹。

国作家故事中阁楼上的幽灵。"

"他为什么悲伤?"

周昵想一想:"他失去自由。"

"他身为男子,又是长子,应该知道要尽家庭及社会责任,怎可完全逃避,父母已经够纵容他,只要他到公司挂一个名即可。"

周昵说:"我们找他说话。"

周昭说:"比起我们,他已经够幸运。"

周昵上去敲门。

里边问出声:"谁?"

"哥,是小宝。"

她不待应允推门进去。

房内黝黯,有股气味,她一时看不到大哥在什么地方。等双目习惯之后,发觉他蜷缩在床上,声音沙哑:"拿水给我吃药。"

一看,他一头是汗,却还全身裹在被褥中,手颤颤取过药,喝光水,像动物般喘气。

周昵伤心:"哥,你怎么变成这样?"流下眼泪。

不久之前，他还穿红色T恤在网球场东奔西驰，吸引全场女生注意。

“别哭，小宝，别哭。”

忽然，他也拥抱妹妹饮泣。

男看护进来拉开窗帘，叫周昆沐浴。

周昵抱住哥哥，呵斥看护：“别这样对他，不要逼他。”痛哭失声。抱紧兄长，不肯放手。

保姆轻轻说：“王老师来了。”把她拉下楼。

王老师看到她的成绩单，十分高兴，与她击掌：“Good job。”

周昵眼红红脸红红坐下。

“怎么了？”

她放声大哭，好看的少女哭时也有趣，噘嘴，肿唇更肿，大滴眼泪流满脸，伤心如世界末日。

“什么事？”

她呜咽说：“大哥病入膏肓。”

“哪里就如此，”老师拍她手背，“一定会痊愈。”

她抽噎良久，老师不放过她，开始教第五章。

Chapter 5

25. What is the acceleration of a free-falling object due to gravity ?

26. According to the Fundamental Theorem of Calculus: The value of the definite integral of a function on $[a, b]$ is the_____of any_____evaluated at the upper limit of integration minus the same antiderivative evaluated at the lower limit of integration.

27. Evaluate $\int \cos^6 x \sin^3 x\, dx$.

周昵一边做一边饮泣。

保姆看到，"成绩进步，还哭？"

周昵又破涕为笑。

孩子就是孩子。

她忽然抱住老师手臂，用他的衬衫袖子抹眼泪鼻涕。

保姆责备："小宝。"

王老师只是微笑。

在走廊遇见周太太，保姆说："世上竟有这样的好青年。"

周太太坐厨房喝汤，"给他们拿点心进去，还有，这是老师这个月的补薪。"

一会儿，保姆回转说："老师说，他在这里又吃又喝，不好收补薪。"

"有酒食，先生馔，这是应该的。"

"是，我再去。"

这回，总算收下。

保姆说得好，这小青年超有礼懂事。

这时，周昭上楼见大哥。

房间已经清理过，窗户半开半闭，室内空气调节得刚好，她坐到他身边："大哥。"

周昆转过头，阳光下的他脸容与大妹一般秀美，只不过颜色蜡黄，身形也相似柔弱。

"大哥，"周昭把他湿润的头发拨到耳后，"大哥，请你振作。"

周昆苦笑，握住大妹的手。

"母亲伤心，已多晚失眠。"

周昆垂下头。

就在这时，楼下忽传来扰攘之声。

周昭好奇："什么事，我去看看。"

周昆似有预感："不，你与我在一起，锁上房门与会客室门。"

只听得防盗铃响了两声，又停止。

有人在楼下用英语叫喊："周昆，我要见周昆。"

周昭大奇，这是谁？

"让我进屋与他谈判！"

周昆一声不响，呆呆地坐床上。

他显然知道那是什么人。

"大哥，这是谁？"

周昆不答，眼睛空洞地看着天花板。

楼下已经乱成一片。

那人已经爬过铁栏进入住宅范围，用一块石头，大力敲门。"周昆，你出来，你欠我，你一定要见我，我手上有你裸照。"

门房与保姆一听这一句，面面相觑，作不得声，僵在屋内。

周太太闻声出来，双手簌簌动，接着，整个人都开始颤抖，她扶住家具，低声说："打电话叫护卫员速速赶来。"

"太太，这是谁，为何息掉警钟，可要报警？"

"不，不，召保镖。"

保姆立刻去做。

这时周昵高声问："什么事？"

周太太说："关上课室门，锁好。"

王抑扬缓缓站起，对学生说："听母亲的。"

周昵说："家里没有男丁，门房已是老公公。"

王抑扬走出课室，站在楼梯口。

这时叫声停下。

但门房大叫："他在墙上喷红漆。"

周太太忍无可忍，把门打开一条缝，谁知一只手闪电般插进缝子，要撬开大门。

周太太尖叫。

王抑扬箭步踏前。

那人在门外喊："周昆，出来见我，否则，我公开裸照，你别想好活——"王抑扬拉开周太太，大力一脚踢向大门，那人缩得也快，大门砰一声重新关上。

周昵吓得双手掩嘴，与母亲抱成一团。

那人还在门外大叫大闹，已听不清说些什么。

这时护卫员赶到，两人把他按在地上，另一个人在门外问："周太太，各人没事吧？"

周太太已不能出声。

保姆答："没事。"

"周先生已赶回，你可以开门。"

周昵惊吓："不，不可开门！"

王抑扬把学生拉到身后。

保姆这才重启大门。

护卫员硕大身形挡在大门前，他们看见其余大汉揪住一个身穿红衣红裤的西方人，光头，像古时绑上法场砍头般衣着，他咬牙切齿，凶神恶煞般，口吐白沫，想咬人吃人的样子。

一眼看去就知道是瘾君子，浑身污秽。

"周太太可要报警？"

这时护卫队长接了一通电话："是，周先生，嗯，嗯，是，明白，即刻做。"

然后对周太太说："周先生说不可报警。"

他们三人迅速把那人塞进车子，迅速驶到后门，仍在私人住宅范围，怪不得屋主自卫，他们像是在车上谈判。

不久，那红衣人被推下车，他蹒跚地走出大闸，有一辆出租车驶近，他自动上车，离去。

三个护卫坐在门口不动。

保姆走到外墙一看，吓得不敢动弹。

地上、墙上，都喷着血红字样："没有企图，没有目的，只希望见一面。"接着，贴着放大裸照，那不是普通一人裸照，照片里有两个人，还有所动作。

周先生带着律师与助手赶到。

他看过照片、字样，沉声说："撕下，清理。"

他走进屋子，叫妻子休息，然后与助手、律师关进书房。

半晌，助手出来拿咖啡与冰块。

两个女佣这才出来做事。

保姆谴责："一屋人，没人担当。"

周昭脸青唇白下楼，"我都在露台看到了。"

"你大哥呢？"

"他在楼上听音乐。"

书房门紧闭。

房内，周氏喝完一杯加冰威士忌再一杯。

他用双手搓脸，但仍算镇静，摊开手，问律师："怎么办？"

律师已知首尾，简约地说："是一个游客身份的英国青年，叫琼斯，唯一目的是寻找周昆，索取金钱。"

周先生说："我知道这个人，在伦敦我已给他三千镑，命他松手。"

"那笔钱他用在毒品上，极快耗尽。"

周氏说："这次又付他三千，叫他回转。"

"他怎么说？"

"他没说什么，猜想过些时候又来。"

"啊，周宅变成一口井。"

周氏再问："应该怎样做？"

"我的忠告是交由警方处理。"

"那些照片——"

"那一定会泄露。"

周氏不语。

助手问:"还有无其他方法?"

"每月付赎款,数目越来越大,把他养得红壮白大,这是不与恐怖分子谈判的原因。"

周氏还是不响。

律师说:"或者,他会服用过量毒品。"

周氏抬起头。

书房里静寂一片。

律师轻轻说:"这件事,还有可疑之处,按说,琼斯是一个愚鲁之徒,神志不清,他不可能长途跋涉前来勒索,这件事,幕后可能有主使人教唆,并且提供飞机票住宿。"

"这种人如何入境?"

"他用的是英国护照。"

"谁是主使人。"

"该人并不关注琼斯是否得到金钱,他目的是要周家上下不安，造成破坏，周先生，你可有那样的敌人？"

周氏怔住。

律师分析："周昆不是目标，周先生你才是，主使人唯一的得益是看着周家惊惶。"

助手听着也失色。

律师说："此人十分歹毒下作，他要的不是财物，也不希企琼斯有所得益。"

周先生说："我累了，明日再谈。"

律师与助手识趣。

周氏走出书房，看到妻女惊惶神色，不禁叹气："该人所有目的，也已达到，我家从未试过如此兵荒马乱。"

周太太听到，猛然想起一件事，抬起头。

但见周氏仿佛完全没有记忆，只顾吩咐助手办事。

周太太请助手留步。

助手低声说："周太太，我如有最新消息立刻与你联络。"

周太太点点头："你先回公司。"

两个周小姐躲在王老师的课室。

她俩悄悄问："那人为什么找哥？"

周太太进来说："你俩还不去准备，琴老师立刻就到。"

王抑扬站起告辞。

"王老师，刚才多亏你。"

"有事弟子服其劳。"

"王老师，请你保守秘密。"

王抑扬轻轻问："什么秘密？"

周太太放下心。

走到玄关，周昵追上。

她站老师面前，抬起头，像要说话。

王看到她厚软嘴唇，明知不该，却再也控制不住，用拇指轻轻捺一下，啊，那感觉同想象中一般柔软水嫩，叫他整个人震动一下。

他匆匆开门走出去。

只见工人已在清理红漆。

王抑扬该天日志："佩服周宅应变能力，这件事前后不过一个小时已经平静，短暂失措，各人实时恢复镇静，三数秒钟时间已决定不知会警方，私了，先把那西方人琼斯压下，再从长计议，女儿们继续学琴，用人忙下一顿晚饭，门外清理工作迅速完成。

"周氏精明能干，这一个意外扳不倒他，连周昆这名不肖子都无动于衷，并未现身，据说关在房里听音乐。

"会不会替琼斯这个人不值？老远跑八千里路算账，被人当乞丐一般抓走，亲眼看见，十分震撼。

"最脆弱的是周太太，她精神恍惚，再努力也遮掩不住愤怒、厌恶与无奈。"

第二天清晨，周氏助手已经报到。

周宅一切如常，前门除了落叶，不见其他，园工正修葺树枝。

保安牵着两只巨大门犬缓缓走出招呼。

用人启门，"周先生在书房。"

周氏精神并不比往日差，他已淋浴更衣，正喝咖啡，这样说道："为你准备了白粥，吃一点。"

助手老实不客气地坐下喝口粥，只觉软绵香甜，回过气来。

"怎样？"

"照片研究过，由电脑拙劣合成，原像来自一张荷里活剧照，不难看出是赝品。"

周氏想一想："那么，真的照片在何处？"

"周先生认为他拥有真的勒索证据？"

"我肯定。"

"那么，他是要等下一步再展示？"

"一步一步进逼。"

"周昆有何表示？"

"他装作什么也没有发生过，待大人替他善后。"

"身体好些没有？"

"稍有进步。"

他们守在书房内密斟至中午。

"周先生可打算着家人暂时搬出？"

"不可让任何一个人或一件事影响生活，我们处理意外，不是让路给意外。"

"明白，周先生。"

王抑扬下午上门补习，小摩托车经过私家路，看到有人闪缩躲进树丛，露出一角红衫。

那人还不死心，像无主孤魂，在此兜转，希望寻找一个洞，或一条缝，供他钻进周宅。

可以想象，他当初在伦敦邂逅周昆，不外是为着些许酒、药，以及度宿之处，此刻目睹周宅的排场，他起了贪念。

他也不笨，这一切根本不属于周昆，那是周父的产业，但周昆却是人质，他茶饭不思，不寝不寐，着魔似的要挖一块金砖才走。

王抑扬牵动嘴角。

他把车停好，护卫带狗走近，"王老师，那人可是还在附近徘徊？"

王抑扬微微颔首。

课室只有周昵，她说："姐到叔父家暂住数天，哥仍锁在房内，家里有神秘人进出。"

周昵想在书架顶取一本参考书，够不到。

王老师站在小凳上举手帮她去取，忽觉臀部刺痛，他吃惊，差些从凳上摔下，这才醒觉，原来是周昵出力用两指拧他股肉。

他捉住周眈双手，厉声说："周小姐，你再没上没下我立刻辞职。"

周眈笑得直不起身子。

王老师啼笑不得。

但，他惆怅地想，人的确需要如此强劲的应变能力吧，否则，光坐着担惊受怕，又有何用。

他低声教周眈："学识永远属于你，无人可以抢走骗去，请努力读书。"

学生只是看着老师笑。

他收拾书本："记住，出入小心，以保平安。"

"你约了女友？"

王老师没好气："我往儿童医院。"

他匆匆进市区。

这次，没见到红衣人。

这条路并无公交车，不知他如何走上，若乘出租车，确是一笔款项。

律师进门，问保姆："骑小摩托车的年轻人是谁？"

"那是小宝的数学补习老师。"

"小宝一共几个补习老师？"

"一共四名，除王老师，都是女孩子。"

周氏把律师迎进。

"怎样？"

"今晨来电，另外要求一万英镑，否则招待记者，此刻他住在一家叫蓝月亮的旅馆。"

周氏答："意料之中。"

律师不语。

"公司还有点事，周先生，我与你一起出门。"

周太太目送丈夫离去。

她到周昆房前敲门。

周昆看到母亲，只能低声说："对不起。"

周琴与儿子紧紧拥抱。

她一句话也没说。

她对保姆说："我去儿童医院。"

那是她的精神寄托。

"太太，出入平安。"

"看牢小宝。"

到达早产儿病房，看到王老师已经在为幼婴服务，周琴即使烦恼愁闷，也忍不住微笑。

只是王小哥用一块长条布巾把一名婴儿裹绑怀内，布条在肩膀缚一个结，空出双手抱住另一名婴儿喂奶。

她连忙趋近抱过一个，"这么忙?"

"有看护迟到。"

"难为你了。"

"幼儿可爱，不妨。"

"是的，他们小时都软弱无助，逗人爱怜，一忽儿就长大，专门与家长作对。"

王抑扬知道她有所指，不出声。

他俩专心呵护婴儿。

其中一名的母亲刚做过手术，蹒跚走近，希望抱孩子，周琴小心交她手中，着她坐下。

看护笑说："幸亏你们义工。"

那年轻母亲见婴儿头皮结着难看厚痂，欲伸手剥除，周琴说："不可不可，会自动脱落。"

她暂时放下自家心事。

时间到了，他俩脱下罩袍。

周琴问："可是要往善终所，可否带我一起？"

王抑扬摇头："那不是你要去之处。"

"那么，动物庇护处？"

"你愿意替猫头鹰滴眼药水，抑或替乌龟补壳？"

"看来都用不着我。"

"儿童医院欢迎你。"

周琴微笑。

"这样吧，我请你喝杯咖啡。"

不知几时开始，他放弃叫她阿姨。

两人在茶座坐下。

"我想与你谈谈周昵的学业。"

王抑扬说："我管中窥豹，不知就里。"

"我想把她俩送出去寄宿。"

王抑扬忽然说出意见："两人功课不是跟不上。"

"外国环境单纯。"

"太寂寞了。"

"都盛行如此做。"

"那是一些人家跟风，展示家境优渥。"

"西方教育的确有可取之处。"

王抑扬不再言语。

"周昭学音乐，需往纽约，或是加利福尼亚，小宝呢，小宝真叫人头痛。"

周家想必有专家提供精确意见，不劳闲人操心。

周太太忽然沮丧："尽为着这一子两女操心，他们若似你一半聪敏老成就好。"

王抑扬说："惭愧。"

"你父母一定以你为荣。"

王这才轻轻说："他们早已辞世。"

周琴一听，充满歉意："啊，对不起，我不知道。"

这时咖啡已经喝完，周琴让他结账。

周琴忽然问："请问你怎样看周昆？"

王抑扬抬头："我还没见过他。"

"我指，那件事。"

王不想置评，只答："以后，结交朋友，认真要当心。"

"你不会歧视他？"

"我同学里有肤色国籍选科兴趣取向完全不一样的年轻人。"

"没有人针对他们？"

"无可避免有这种无聊的人，一定要消化克服。"

"你态度正面勇敢，很高兴认识你，王老师。"

王抑扬看着她上车。

周太太是他们家中最弱的一环。

其次，才是周昭。

信不信由你，最强壮的是周昵。

还有，老保姆是周宅的定海神针。

自学生处，王得到最新消息。

——"哥已戒除药物，母亲精神略佳。""爸自从哥回家后还没有与他说过一句话。""那两只门狗相当可怕。"……

最叫她垂头丧气的是："母亲打算把我送往加国[1]升学，她说只会陪我半年。"

别人梦寐以求，她视为毒药。

---

[1] 即加拿大。

然后，把丰满上身趋近，"老师你怎么看？"

保姆进来叫她坐好。

就是那天，离开周宅，在私家路上，看到周大小姐的车停在一旁不动。

王抑扬立刻把摩托车停下。

这条路自从那人出现过后有威胁感。

他走近车子，看到周昭安然无恙独自坐驾驶座上，才放下心。

"车子开不动？"

周昭抬头，小小脸颊明显有泪痕。

"要不，你摔坏了琴？"

她一直摇头。

"与男朋友吵架？"

她哭泣："妈妈要送我到茱莉亚音乐学校，人家不收录，又要推我往加利福尼亚。"

嗯，对周昭来说，确是很大的挫折。

王身上刚好有一条干净手帕，递上给她。

她呜咽："小宝还可向你诉心声，我谁也没有。"

周昭口气像十一岁，难怪男生不敢接近，如此高维修 [1]，可免则免。

以前男生老说：喜欢纯真女孩，可是这样洁白如霜雪，也很难侍候。

"那也不用孑然一人坐车上悲伤。"

"母亲完全不与我商量。"

王抑扬不出声，他也不知如何与小孩商量任何事。

周昭穿着淡蓝裙子，衬托得她脸容雪白。

"信任我否，我们去一个地方，我领先，你随后。"

周昭破涕为笑。

王抑扬如此写："只得带她往野生动物庇护处参观，管理员说，刚救到一窝幼狐，共四只。"

他与周昭走到笼屋门口。

"呀，可爱。"

她想伸手。

王连忙阻止："当心，它们始终是利齿利爪野生动物。"

---

[1] 指女子像一部精密的计算机，标准高，要求多，给人刺激和不真实的感觉。

他握住周昭的手退后，周昭讪讪。

棕红小狐吱吱互相依偎，管理员戴上厚手套走进，抓起一只，喂它吸人造奶品。

有人唤他们："要放老鹰归山！"

王连忙拉周昭上管理处的吉普车，一干人在斜坡停下，大家都兴奋，提下一只大纸箱，打开，毛毯遮住一只蠢蠢欲动的飞鸟，掀开，一只老鹰仰首。

这么巨大！

周昭躲王身后，她只见过生物纪录片中的鹰，真未想到实物像大鹏，两只翅尖足有四五英尺宽，双眼炯炯生光，左顾右盼，它轻轻挣脱纸盒，飞到管理员臂上，那人手臂一沉，足可见它重量惊人。

然后，它展翅唳一声飞往天空，盘旋三次，像说再见，才飞入树林而去。

留不住如此神俊飞禽。

周昭看得发呆，"啊。"她只说出一个字。

这时家里电话找她。"是，马上回来。"

她对王抑扬说："谢谢你带我大开眼界，世界之大，无奇不有。"

"不客气。"

她夯着胆子拥抱他一下："以后，还能带我出来否？"

王抑扬不回答。

他送她到门口。

王抑扬回家写日志："保护一个女孩，关在家内，即使她愿意，又能关到几时？周家有点天真。

"然而，外边世界，的确有豺狼虎豹，甚至，言语不能形容的，残暴的怪兽。

"人们最常说的是'看不出来'，是的，完全看不出，四只眼睛也不管用。"

过两天上课，周昵明显生气。

"你与姐去过别的地方，你俩约会，你追求她吗？"

老师不出声。

"我也要去，听说小动物极之可爱。"

老师微笑。

"罚你讲故事给我听，把那天经过，详尽告诉我。"

"那你听好了，开始。"

周昵睁大双眼。

王老师开始说："十七世纪中叶，牛顿与莱布尼茨在前人经验的基础上，研究力学与几何的过程中，建立导数，积分的概念与运算法则——"

"不，不，不听这些。"

"求曲线在一点的切线，求运动在某一时刻的瞬间速度，都是导数典型问题，求曲线的弧长、图形面积与体积，都是积分问题。"

周昵双手掩耳。

"十六七世纪，由于航海、天文、力学发展，研究运动成为中心问题——"

保姆看到教训周昵："小宝，老师在教书，你怎可掩耳？"

她手里捧一沓报纸。

周昵总算把双手放下。

老师着她温习。

课室刚静下不久，忽然听到咔啦一声，接着，有重物坠地，保姆惊叫："太太，太太。"

周昵立刻站立，王抑扬把她按下："坐着，别动。"

他恐怕又有人闯进周宅。

只看到书房门口高几上一直放着的大兰花盆倒地碎裂，周太太蹲在地上站不起来，周先生已经伸手去扶，他只觉一手血，也吓呆："快叫医生。"

保姆跑上楼。

周先生急喝："你怎么上楼？"

"医生正在替周昆检查。"

王抑扬这才放心。

周太太额角撞裂一条缝子，血汩汩流出，她坐地不动，医生见状迅速着手止血，这样说："立刻到我诊所，需要缝针。"

周氏蹬足："我公司有重要会议。"

周昭忽然出现："我与小宝会陪着妈妈，王老师做胆。"

两路人匆忙离开周宅。

唉，每一家都有可怕意外，周家亦不例外。

王抑扬见周太太手里还握着一张报纸，他取下放口袋里，让她坐好。

这时周太太忽然呕吐，王抑扬首当其冲，沾到半身秽物，他挣扎着脱下外衣卷起。

周太太全程都没有张开双眼。

她全身抽搐，两姐妹按住她四肢，到这个时候，姐妹反而镇定沉着，王老师喊声万幸。

医生已通知诊所做准备。

看护推着轮椅在楼下等。

周太太一脸鲜血，仍然没有睁开双眼。

医生说："看着我，睁开眼，动动十指，还有，抬起双脚给我看。"

周琴终于睁眼。

姐妹齐说："妈妈，不怕，医生在这里。"

她一时像是认不出她们，目光空洞。

这时，周先生的贴身助手也赶到。

周昭轻轻说："母亲在家跌一跤，医生正诊治。"

王抑扬坐在等候室长凳上，有意无意间，他又一次参与周家家事。

这时，周昵递一杯司机买回的咖啡给他。

他称赞她："你懂事了。"

周昵轻轻说："伤口怪深，医生在缝针。我得向父亲报告。"

助手问："王老师，可是有人推跌周太太？"

王据实答："相信是她自己脚步不稳。"

"医生说无大碍，但她精神有点恍惚，需要休息，周先生同意她稍后转往医院观察。"

王抑扬点头。

周昭出来："妈妈说谢谢老师。"

"应该的。"

少女像是有话要说。

老师先开口："你做得很好。"

少女脸色苍白："大哥养病，我们不得不学做。"

助手说："周先生叫周昭听电话。"

王抑扬轻轻退下。

助手却追上："王老师，留步，周先生说，不如你到公司做正式职员，添一些福利，照常教小宝功课，闲时整理公司文件。"

王抑扬一怔，婉拒："我做家教就好。"

助手讶异，不禁说："人家有野心无才能，你却有才能无野心。"

王抑扬笑："你说得正确。"

回到家，他淋浴更衣，整理衣物，先把外套泡水里，忽然发觉口袋里还有一张报纸。

纸上有血渍，分明是周太太看得入神，才会一头撞往高几，推倒花盆。

他好奇地摊开报纸，那是市内新闻第二版，通常不是影响每个市民的消息。

小小两英寸乘一英寸，小标题：洋汉暴毙旅馆。

王的注意力立刻被吸引，他读小字：

"英籍二十八岁男子琼斯暴毙蓝月亮旅馆房间，服务员发现时已无生命迹象，疑服过量毒品所致，室内发现剩余海洛因及针筒，死因无可疑。"

王抑扬如遇袭击，整个人退后两步。

他坐倒在椅子上，电话响，敲门，一概听不见，他震惊发呆。

有人爬上宿舍窗台:"抑扬,你高居榜首,成绩骄人,我们有庆祝会——"他关上窗户。

同学说:"怪人。"

他坐下沉思,企图把片段组合,成为一幅清晰图画。

他写下:"有什么人把周昭与周昵当低能儿,那么,他们才是白痴。

"周氏是一个阴毒的人,他的助手、律师,以及其余护卫人员等,都极之可怕。

"周太太想来是最终受害者。

"那么,当然,还有已经死亡的人。"

王抑扬呆坐椅子,直至清晨,天蒙蒙亮,鸟群叽喳出外觅食。

——"妈妈,小鸟去上班。"小时,他这样对母亲说。

妈妈回答:"看鸟儿多勤工。"

王抑扬双眼润湿。

他淋冷水浴,站莲蓬头下直至手指头发白,才穿衣出门。

同学在门口看见他,"抑扬,晚上六点,奥米茄卡巴俱乐部庆祝毕业，到时带女友一起。"

王点点头。

他到医院探访周太太。

在病房门口碰见保姆。

"王老师，见到你真好，太太刚睡下。"

他自纸袋取出小小一只碟子，交给保姆。

保姆欢喜："我立刻去添点水，给你拿进去。"

他本来打算离去，却碰到周氏助手。

他迟疑一下。

那助手何等机灵，举一反三，立刻问："王老师可是有话问我？"

"请叫我小王或抑扬即可。"

"可是改变心意？"

"毕业即是失业。"

"那么，你到周氏企业工作吧，周先生会替你安排一个好职位，抽空到人事部走一趟。"

王点点头。

病房内周太太本来昏昏欲睡，鼻端忽然闻到清香，啊，这是白兰花，睁眼侧头，看到一只小瓷碟上满满摆放白兰花，幽香洋溢。

她微微牵动嘴角。

保姆低声说："王老师送来的。"

周琴双目示意。

"他也许还在外头，我见他与助手说话，我去叫他。"

一会儿王抑扬轻轻进房，看到周琴，她额角缝针，可是半边脸又青又肿，双眼淤黑，像是经过拳打脚踢，真没想到伤得这么重。

她说不出话，指指白兰花。

王趋向前，握住她的手，她叫他想起另外一个不幸女子，他落下泪。

保姆纳罕，原来他也是个大孩子。

两个人的手都是凉凉的，没说一句话，他站起告辞。

保姆送他出房，"医生说无碍，明早可出院。"

王腼腆离去。

周昵这样形容："姐与我一见母亲黄肿烂熟脸容，吓得放声大哭，被看护赶出房间，爸不知什么事去了纽约，大哥仍然不愿离开房间，这当儿，姐与我流放外国一事，也暂时搁下。"

王老师静静听完，改变话题："你的微积分程度已经达标，你自己多加操练便可。"

周昵大惊："你要离开我！"

王抑扬只觉好笑，这周小宝像一级喜剧演员，极之富娱乐性。

这时他听到大提琴乐声，这是莫扎特的一首安魂曲，充满无可冰释的悲怆无奈，叫听众发呆。

王轻轻走出课室。

会客室里周昭放下琴弓。

她说："大哥叫我弹奏。"

啊。

"大哥，你没见过王老师吧，这是我哥哥周昆。"

昆，长子的意思，也指兄弟。

一张安乐椅转过来，起先没看到另外还有人，声音低低说："王老师你好。"

椅子面对着王抑扬，一向被人赞惯俊美的他看到周昆，心里也不禁喝声彩：这样像周昭，简直似孪生儿。

眉梢眼角，明眼人一看便知道他的倾向。

周昭说："哥精神好得多了。"

年轻的他走路还要借助拐杖，他凝视王老师，半晌低头："听说老师教得连小猪都得道。"

王老师骇笑。

话还没说完，一个人影已经扑向周昆，两人连座椅，一起倒地。

周昆哎呀："你那么重磅，有一日压死男朋友。"

保姆连忙进来扯开。

周昆哼哼唧唧："我手臂已经断开。"

这一家人，在这一刻，像足一家人。

周昵还在咕咕哝哝回嘴，作势欲打。

周昭连忙把琴移开，怕殃及池鱼。

周昆轻轻说："这就是有妹妹的好处。"

周昵一路用鼻子哼着走出。

到了走廊，她的脸沉下，双下巴也不见，低低说："医生说他还需长期疗养服药，以防复发。"

王抑扬忽然对保姆说："今晚我学校举行毕业庆祝会，可否带周昭与周昵一起出去？"

保姆一怔，没想到老师会提出如此要求。

一边，两姐妹双眼都亮起。

可怜这一阵子家里气氛阴沉，紧紧关着真有损身心，保姆踌躇。

周昆撑着拐杖走出："我也去。"

保姆答："那么，司机接送你们，九时之前回来。"

"十时。"

"九点半。"

"敲定。"

"记住小宝未到合法喝酒年龄。"

"穿何种服饰？"

"比便服好些便可。"

周昵嘀咕："又是司机保镖一大堆人整队兵似的齐齐出动。"

他们一家人更衣。

周昆先准备妥当，他一身自然绉淡黄麻布西服，黄白牛津鞋，不穿袜，头发蜡过，剃干净胡髭，漂亮出尘，像二十世纪二三十年代的气质，温文得不似现代人，他缓缓坐下，趁王不觉，暗暗端详他，王一抬头，他立刻转开。

随后，姐妹也下来。

周昭仍穿淡蓝色小领子裙，头发用黑色蝴蝶结束起，秀美的她并无化妆。

保姆喝住周昵："换掉短裤。"

一看，丰硕雪白的双腿全露在外边，令人无法不加以注目。

"不换。"

又来这一出。

"不换不准出门。"

王老师走近，伸手轻轻撕掉周昵贴得不太好的假睫毛："加条半身裙，稍后脱掉。"

周昵一听，立刻上楼。

周昆讶异："王老师法力无边。"

保镖再三忠告："各位千万不要喝酒。"

到达俱乐部，周昵高兴得忘记脱去长裙，见有人跳舞，立刻到舞池举双臂舞动摇摆。

周昆说:"这小宝到了十八岁不知什么模样。"

这时同学们见到王抑扬过来簇拥,不知为何把他举起往上抛,一共三下,再加欢呼。

随即有人请周昭跳舞,周昭腼腆地看着王抑扬,王老师说:"这是我的舞伴。"

周昭高兴得脸颊飞红。

角落有一座付款酒吧,周昭轻轻说:"我想喝一点啤酒。"

"两人喝半品脱如何?"

他刚拿到杯子,周昵圆脸已经挤进:"我先喝。"

"只准一口。"

那是好大的一口。

然后轮到周昭少少抿一下。

"我呢?"

"大哥你有自己的酒。"

王抑扬先喝掉一半,递杯子给周昆。

他一口喝尽。

一杯啤酒四个人喝，多么经济。

这时，有女生主动向周昆邀舞，周昆大方地把拐杖交给王老师，下场起舞。

他舞姿潇洒，与女伴维持距离，手搭对方腰身，轻踏四步。

女伴从来没有这样正经跳过慢舞，感动得只会笑。

王抑扬与周昭缓缓起步。

周昭忽然把脸靠在老师温暖的肩膀，闻他耳根气息，她说不出地喜欢他，她只想接近他。

这时周昭转头凝视王抑扬，这样近的距离，叫她心花怒放。

她看到他左眉角有一处小小疤痕，右颊有一颗红痣，牢牢认记。

少女的心向往之。

就在这个时候，学生会会长有事宣布，一说好些时候，周昭一字听不进去。

她悄悄握着王抑扬的手，心想，今晚本来只约她一人，怕嫌疑，所以才拉了一堆人吧。

这时护卫出现："小姐，请回程。"

周昭大吃一惊，什么，已经九点半？不可能，顶多才过了二十分钟罢了。

一看时间，果然两个小时已经过去。

快活时光飞逝啊。

连周昆都说："再多留一会儿。"

王抑扬已经护送姐妹出门。

同学把王拉住："你不许走，你还要主礼。"

周昵羡慕地问："你们几时散？"

"天亮。"

周昵开始觉得也许独自往美读书不是坏事。

王抑扬看他们上车。

周昆这样说："幼稚、粗糙的舞会，但十分有趣。"

王忍不住微笑。

周昵一身汗："无拘无束太好玩。"

周昆点头："真情流露。"

周昭看着车窗外不出声。

保姆在门口等他们，看到人才放心。

她轻轻问保镖："怎么样?"

"健康的学生聚会，不是我说，太太应鼓励他们参加活动。"

保姆不出声。

那一小口啤酒对周昭，像是一大杯不止，她深深吸气，像是还可以闻到王抑扬的汗息。

她是一个骄矜的少女，从来看不上身边男生，运动员嫌牛，书生太弱，开鸥翼跑车的大抵都是虚荣孔雀，忙不迭送花、糖果、小摆设、小首饰。

都不像王老师，王从不刻意花钱奉承。

周昭把手臂枕在颈后，有王抑扬这样的男朋友就好了，她忽然流泪，能够认识他，已是万幸，据说许多女子，一辈子也没碰到相悦的人。

微积分

叁·

如此寂寞的两个人。
他抱着她渐渐蹲下，
两人忍不住欢笑。

翌日下午，王抑扬去见工，不，不是家长，而是未来老板，周氏已自美国回来。

巧笑倩兮的秘书先请他到人事部填表格。

总管太太想是老臣子，对王抑扬说："笑一笑。"

这样奇怪，王笑起来。

"敝公司用人一定要笑容可亲，学历可靠，王先生，欢迎你加入周氏企业，周先生现在可以见你。"

女同事纷纷打探那新来的英俊小生是什么人。

——"很久没看到那么高大均匀的男生。""周氏企业似侏儒国。""他很大方，一直朝我们点头。""谁第一个去约会他有奖"……

王抑扬终于与周氏面对面近距离会见。

他还是第一次仔细看这个人。

他是一个登样[1]的中年人，虽然皮子已经松弛，但仍然眉是眉，须是须，背脊笔挺，周氏还未到五十，年轻人这样看他，他若知道，可能啼笑皆非，他自视正当壮年，事业只拓展一半。

"王老师，"周氏也如此称呼他，"周昵的功课终于向上，谢谢你。"

"哪里哪里。"

他言语正常，办公室装修也很普通，大房间，大桌子，胜在整洁，不见奖杯奖状，没有家庭照片，连案头电脑也欠奉，看上去舒服，他并不需要装出一副日理万机的样子。

人也同样低调，深色西服，白衬衫，戴一块极薄白金手表以及一枚白金婚戒。

王抑扬原先以为坏人面相狰狞，三尖八角，甚至青面獠牙，动气时会得喷火，但不，他是一个十分得体的中

---

[1]　方言，像样。

年人。

"王老师与周昭和周昵合得来。"

"我不会与学生吵架。"

"我两个女儿脾气都不好。"

"周先生太客气。"

"你不会喜欢她们那样依赖成性的女孩。"

"呵,"王抑扬答,"周先生,我并无非分之想。"

"王老师可有女友?"

"我起步较迟,这还是我第一份工作,总要先立业再成家,不能无谓浪费女方青春。"

"你很懂事。"

"自问还稍有自知之明。"

"你见过周昆?"

"是。"

"你怎样看周昆?"

"他像是一个艺术家,无论从事哪类文艺工作,他都是周氏企业的继承人。"

"你不觉他糊涂?"

"有条件他才年少轻狂。"

周氏笑:"你口齿也伶俐。"

"我不善奉承。"

"对于周昆的择友倾向,你怎样看?"

难题来了,"我是外人,我不便置评。"

"你尽管说。"

"那我坦白说,我们这一代也许想法不一样。像我,生下就欠父荫,亦无其他亲人,我手上的一副人生牌并不太好,但天生如此,别无选择,只得自身努力争取。像周昆,医学界一早了解并非心理问题,他天生线路如此,问题不是在他的倾向,而在他不谨慎找朋友,许多男女都为此吃亏。"

周氏沉默。

"照你看,父母根本不必烦恼?"

"我不会那样说,有人为子女不愿读医科气恼半辈子。"

"说得好,王老师,你先到人事部学习半年。"

"人事部?"

"认识各单位,知道公司有些什么人,谁升谁降,为何如此，大有裨益。"

"明白。"

"下午可替周昵补习，两边走。"

"周昵的数学已有进步。"

"学无止境，你不必介怀我刚才说的话，我知她们不是你的追求对象。"

"那我先往人事部。"

老小姐总管不知多高兴："我也总算等到这一日，助手，快把这三沓数据喂进电脑，哈哈。"

气氛这样轻松，想必是家愉快和睦的公司。

王抑扬立刻开始工作，手挥目送，能力超卓。

周氏助手进来探访。

"王老师，还可以吧？"

王抑扬微笑："没想到立刻开工。"

"老总管很会鞭策，她在周氏工作十三年，资历最老。"

老总管瞪他一眼："你来这里干什么？贵人踏贱地，必有所图，别教坏我的人。"

助手低声说："半年后，你可能升为周先生亲信，他刚才与你说什么？”

王抑扬压低声音：“他用很间接的语言警告我这个癞蛤蟆别想吃天鹅肉。”

助手笑：“到底是个父亲，你可有那般念头？”

“我未来对象，非得顶起半边天不可。”

“说得好，那，你会欣赏我小姨，她长相标致，吃苦耐劳，在律师行办事。”

“你们恁地看得起我。”

“唉，小王，市面上看得上眼的青年卖少见少，多数无肩膀欠承担，只想在女生身上讨便宜，毫无诚意，长相鬼祟，虽无过犯，面目可憎。”

王抑扬骇笑。

老总管吆喝：“喂，有完没完，我手下要工作！”

王抑扬连忙低头操作。

自此王老师贬为王手下。

老总管呼口气：“他也说得对，世上简直没有好男人，他们线路如此，改不过来，一个师傅教落山，首本戏是酒色财气——唉，不讲了。”

已经把手下当自家人。

下班，助手在大堂等他。

"小王，一起去接我小姨下班。"

哗，这样心急，为着什么。

"小姨叫孙竹，怎样，名字够文雅吧。"

他拉王抑扬到咖啡店坐下，用电话联络小姨。

然后，用手拍王的肩膀："我有法眼，一看就知你是好青年。"

王不出声。

半晌，一个少女啪啪啪走近，王连忙站起，她嘻嘻笑："孙律师正在开会，也许八时下班，叫我买这里著名的苹果馅饼上去。"

双眼骨碌打量王抑扬。

"什么，这还像什么话。"

王抑扬则笑说："这里的黑森林蛋糕也好，我请客。"

那秘书高兴地离去。

"对不起，王老师。"

"下次，下次不迟。"

看样子，孙律师与姐夫性格也不相近。

周太太已自医院返家。

她带着那小碟子白兰，花已干瘪变铁锈色，她放进抽屉珍藏。

看到王抑扬，她好不高兴。

周琴头发剪短，看上去精神不错。

还没说话，周昭已经挤在母亲身边，手里拿着琴弓，周昆也拄着拐杖，站楼梯角说："为何冷落我？"

小周昵看得最清楚，童言无忌："王老师是香饽饽，但这是我的时间！"她朗声背诵功课：

"The word'calculus'comes from Latin（calculus）and refers to a small stone used for counting. More generally, calculus（plural calculi）refers to any method or system of calculation guided by the symbolic manipulation of expressions."

大家都笑。

教完功课，周太太与王老师喝杯茶。

"各人都盼望你出现增添生气。"

"哪里。"

"王老师，你说，什么叫一个家？"

"照字面，一个屋顶'宀'，下边一头猪'豕'，就成家。"

"你认为呢？"

"照儿童乐园演绎，爸爸妈妈小胖圆圆，也是一个家。"

"这么说，周宅也是一个家。"

"那自然。"

"可是，一家人为什么没有对白？"

"一些报告说，有家长对子女要求甚高，一开口不是反对，就是斥责，所以难以沟通。"

"王老师，我可要生气，我是那样的人吗？"

"'小宝，换下 T 恤，否则不准上街。'"

"哟。"

周琴想起那一巴掌，急红脸，急急说："对不起。"

小宝握住王老师的手："我就知老师帮我。"

老师见时间到了，收拾讲义。

周昆在门口这样说："可否陪我去一处地方？"

王抑扬轻轻回答："我有女朋友。"

周昆微笑："那是一家书店，请勿拒我千里。"

"我只得三十分钟空当。"

他的小摩托车跟在周昆的黑色鸥翼跑车后边，去到市区旧翻新一带，年轻西方人喜欢该处租金较廉及别有风情，车子就那样随便一泊停人行道上。

周昆走到门前按铃。

木门打开，里边古色古香民初装修，地方不大，服务员笑着迎出，摆放书籍都为他们而设。

王抑扬看过该类杂志，模特儿几乎全是十全十美的俊男，现实世界里不可能如此。

"请坐，"看一看王抑扬，"这位小哥好英俊。"

奉上一只碟子，上边两支烟，周昆看了一眼，王按他的手。

两人在角落坐下喝咖啡，空气里充满该种熟悉烟味。

不久又有客人上门，看样子该处是他们热门集会地点。

有人顺手牵羊取出周昆外套，穿上身就走，也有人打开他钱包，数走若干钞票。

王抑扬不出声，朋友有通财之义，但看样子这是一面倒，这里不是好地方，但他又不能推荐更好的去处。

王抑扬也有点难过。

这时周昆轻声问："可以抚摩你面颊吗？"

王连忙答："我想不大好。"

周昆无奈，把手放王抑扬手背上："告诉我，怎样做才可叫你欢喜？"

王微笑："每月定时拨五位数字捐款到奥比斯眼科医院。"

周昆也笑："那是家母最忠心的慈善机构。"

"那么，捐一口井给宣明会。"

"你可愿有新尝试？"

"你呢，周昆，你可会约会女子？"

周昆无奈缩回手。

王抑扬站起告辞。

走到门口，看到广告："一个 App，六百万男友。"还有游轮旅游、专门旅馆，以及征友启事……他们的体制已经相当广泛。

"天真而任性，"王对周昆如此评价，"不介意吃亏，只图解除寂寥，许多人可以与同性伴侣相处和洽十多二十年，甚或更加长久，但周昆翼动的心令他烦躁不安，他到底追求什么？

"到周氏人事部上班，整理档案，由十三年前周氏创办公司开始参阅，粗略一看，没有我要找的名字，看样子已经完全删除，像阳光蒸发露水，无影无踪。"

在公司，下午茶时分，王抑扬取过两份茶点糕饼到房间与老总管共享。

"你这小青年乖巧，已知我不喜与她们吱喳，情愿躲在房内吃茶。"

王连忙说："我也是。"

"可有看中哪一个？"

王微笑。

"比比李还可以。"

王咧开嘴。

"你这样挑剔，莫非看中周大周二小姐。"

王做一个调皮惊慌模样。

老总管也笑，她随即吁气："从前，我也有一个助手，聪敏乖巧勤工不下于你。"

王抑扬一怔，他刚想用怀柔政策旁敲侧击打探这个人，不料老总管主动提起。

他渐渐泛泪，连忙低头。

"十三年前公司创办，未设桌上或手提电脑，全靠她惊人记忆。"

房间静一下，只听到杯碟轻响。

"可惜只做了两年。"

"人呢？"

"另有高就，以后，再也没见过那么伶俐的助手，我情愿一人忙碌，直到你出现。"

"她——"

这时有人敲门进来，"小王，找你。"

老总管说："你去吧，我独自休息一会儿。"

王抑扬到接待处一看，是周家司机，"周太太有话说。"

"办公时间呢。"

"周太太知你每日下午三时下班。"

司机把他送到一家私人会所泳池边。

周琴看到他招手。

王抑扬不说话，走近，可以隐约看到她额角缝针处，她没有刻意用厚粉遮掩。

她轻轻说："保姆说你在月底要从宿舍搬出。"

"瞒不过你，校方已下通知。"

"可有着手找居所？"

王抑扬摊手："高不成低不就，早已知道不是易事，未想到是死胡同，租金之昂贵！蚊型小住宅，五位数字——"

"为什么不问我？"

"你名下产业，许要六位数字。"

"来，跟我去参观。"

王抑扬没想到周琴如此直接，到底是有经验的人，他凝视她："什么意思？"

她伸手摸额角疤痕："那天，不是我自己跌倒。"

"有人推你？"

"我读到报上一段新闻，震惊，拿着它到书房找周先生，他站起一声不响走开，我偏不识相追在他身后，他回头一推，我撞向花盆。"

王抑扬激动得脸红："你为什么不早说？"

"是我笨怠惹他生气。"

"他不该动手。"

"我们正办离婚手续，他不再回家，我的律师姓孙，智慧忠告：叫他搬出，你占大屋。其实，周不在乎，钱财方面他会公平待我，我俩曾经努力，历劫凶险，但无论如何没法认同彼此行事处世方式，二十五年婚姻告一段落。"

王抑扬一时未能消化这一项消息，不发一言。

"王老师，我实在没有可以说话的人。"

王抑扬忽然轻轻把她拥在怀内一下，表示了解。

"三个孩子还未知道此事。"

王抑扬心想：真是痴心，子女其中两名已经成年，至于周昵，她不在乎，根本没多少见到父亲的日子，巴不得事事针对她的母亲走得远远的，他们离不开的，只是目前的生活水平。

周琴说："也许，我是过虑了，我在周家的责任已经完工，我无事可做，把两姐妹送出升学，我可荣休。"

司机在等他们。

车子驶往山后面向芝麻湾一带。

一幢淡黄色三层高小洋房特别显眼。

"上来看看你的顶楼单位。"

"这幢房子竟尚未迁拆，可列为古迹。"

"我是业主，屋宇观景并非灿烂维港，售价不是太高，晚上，可见星星渔火，不过，蚊子多一些。"

走到楼上，打开大门。

"啊。"王抑扬赞叹。

"周昆看过，他不喜全白，又嫌环境太冷清。"

老房子，浴室大得可以放书桌，说话有回音。

窗台上放着一列各式岩石标本，有一枚大若枕头，疏洞，不重，分明是火山岩，形状特殊，王猜想是熔岩直接掉落海水里，迅速凝固所致。

全世界只有一个地方有那种岩石：夏威夷群岛的基洛威亚火山[1]。

---

[1] 即位于夏威夷岛东南部的基拉韦厄火山。

周琴知他懂得："我在该处读地质系。"

又一个意外，"什么？"

周琴不忿："是，我也识字，没想到吧。"

王抑扬有点尴尬。

"不怪你，学了也没用，不过至少可以说：'学了无用。'"

这是她要两个女儿勤学的原因吧，精卫填海，一代接一代。

"你如喜欢，到人事部办租务手续，员工有折扣。"

王看着她。

周琴苦笑："实不相瞒，周氏企业，本属家父所有，这些年来，周氏努力经营拓展，但我还是大股东。"

电光石火间，王抑扬明白其中窍妙，原来财权在周琴之手。

"王老师，所以分手后财产分配不是问题。"

王抑扬可以说是为周琴工作。

"是你让周氏聘用我的吧？"

"聪敏的王老师真的到今日才知？"

"我有何义务？"

"好好工作，替我留意周氏企业。"

她缓缓伸手，想抚摩王的面颊，却忍住放下手。

这时，王握住她两只手，放到自己耳朵上，让她捧着他面孔。

她知道胡髭扎手，故意轻轻摩挲。

周琴欢喜地看着他。

王轻轻问："几时的事？"

"那一巴掌。"

王抑扬微笑。

周琴低声说："你要知这件事，没有将来，过一天是一天，只得当下，骑驴看唱本，但不表示，我没有诚意。"

"周昆他们可知晓？"

"我做的每一件事，无须征询他们意见。"

王抑扬知道他看错了周琴，她并不柔弱，必要时她站得起来。

她说："王老师，你考虑一下。"

这样好的机会，还想什么。

他自嘲说："我只有一支牙刷，今晚就可搬入。"

"那么，就今晚吧。"

周琴把门匙放在桌上。

"我要替周昵她们办入学手续，先走一步。"

"不喝杯咖啡？"

"稍后陪你。"

事情竟有如此突然转变。

王抑扬记录："我将抵达关键中心，届时真相揭露，可能把我击倒。

"对周琴有特殊好感，她循着轨道做人办事，但得不到善终，正像我母亲。她温柔的手，碰到我脸颊，感觉美好，渴望还有下一次。

"傍晚，带着简单行李迁入新居，站在大露台良久，发觉花槽种着白兰、玉簪、米兰，伴着大块闪烁晶石。

"没想到她是地质系学生。

"卧室一张大床，雪白被褥。"

王没再写下去。

床边有一只高几，放着一个黑沉沉拳头大小的石块，王想取起细看，可是一取，竟重得举不起，啊，这是一颗陨石，不知来自哪个星球，分子排列与地球任何岩石都不一样，严密多倍，故此沉重。

周琴的内心世界，也与这枚陨石相同，连家人都不知就里，丈夫子女都只有我我，无暇照顾她的感受。

深夜，他听到咚咚敲门声。

醒转，以为听错，外边正下大雨，落在窗上，也发出声响，他去关紧窗户。

老房子就这样，到处发出声音。

他走到门前，听到门外轻轻声音："我。"

连忙开门，她轻轻走进。

她终于出现，不是做梦吧。

她也想，他不介意搬进，可见他愿意成全。

这二十多年，事与愿违，她简直想什么得不到什么，伤心落寞，出尽百宝安慰开解自身：人间美中不足、不如意事十常八九……可是有时，早上起床，头都抬不起，无法面对丈夫冷漠子女忤逆，各种事端，至亲家人，不知道他们正折磨这无辜被动可怜女子，每日为她折寿。

她轻轻拥抱年轻人。

该刹那，她同自己说：吃苦也一直拖着，原来为着今晚。

他嗅着她幽香头发，忽然无措，他想亲吻，但不能决定是否嘴唇，这时想起早上她亲热地捧着他的脸，由她选择吧，他握住她双手搁脸旁，没想到她双手冰冷，微微颤抖。

他终于大胆吻她嘴唇，感觉似柔软枕头，原来小宝丰唇就像母亲。

如此寂寞的两个人。

他抱着她渐渐蹲下，两人忍不住欢笑。

他用一条绳子，缚住二人足踝，免得她半夜偷偷离去，然后，倒在床上，睡得烂熟。

很久没睡得这样好，梦中简直不知身在何处，像是在宿舍有多人说话，又似与家人一起，母与姐的面孔仍似芙蓉一般。

醒转，她不在他身边，绳子已经松脱，哟，还是悄悄离去。

但，厨房有声音，她在做咖啡，除出昨晚，还有今天，他忍不住欢喜。

他着她换上运动衣裤，带她出去吃早餐，她指指窗口，仍在下雨。

他找出两只透明大垃圾袋，一人一只罩上，坐摩托车出发。

她长久未试过如斯简陋新奇玩意，一路笑着走，摩托车停在不知名小巷，人挤人，都堆在一家小店门外，捧着不知什么食物大口大口吃，狼吞虎咽，有人坐街边小折凳，有人连座位也无，站着吃，他们衣着整齐，想必吃完还要上班，唉，生活也真不容易。

小雨还在继续下。

王像是熟客，他老远扬扬手，伙计已即刻扔上两团食物，王快手接住。

他交一团给周琴，就那样，在透明塑料袋下吃早餐，哈，味道奇佳，像是粉皮裹住牛肉与虾，不中不西，滋味鲜美。

接着，伙计递上两杯饮料，周琴认出是浓郁豆奶。

有一张折凳空出，王连忙坐下，然后，示意周琴坐他膝上。

周琴一生从未试过如此吃早餐，高兴得鼻子红红，她忽然明白，她也有快乐权利，快乐要自身争取。

上班时分到了，众食客纷纷散去，王抑扬也要工作，周琴已叫司机来接，王隔着塑料袋吻她额角，才看她离去。

同事们见到王抑扬的大塑料袋都表示惊异，拿来试用，"原来不需要雨衣"。

周氏有事往上海，助手正替他整理办公室，叫小王帮忙。

办公室有几只首饰盒子，助手对秘书说："通知珠宝公司取回。"秘书问："是挑剩的吗，宋小姐挑了哪套？"助手回答："可能是红宝石。"打开一看，"是那条共三十五颗每颗都五克拉的白钻项链。""真是，那条项链配白衬衫牛仔裤就很好看，又够保值。"……

小王听着一声不响。

秘书出去，助手说："这在公司，不是秘密，同事们开头噤若寒蝉，后来，见宋小姐来串门，并不忌讳，口角才松些，这宋小姐，是南韩一个红星。"

他继续在总管室整理档案，他边做边读，顺手改正一些笔误。

在一格抽屉底，他找到一只活页夹子，用白细绳缚得很整齐，像是怕其中资料掉落。

他不便拆开，正在踌躇，总管一手接过："不关你事。"

王抑扬笑："对不起。"

"你这小家伙，我知你想什么，活页夹上有灰尘，你以为是我的个人资历可是？"

"这话不是我说的。"

"我也不知为什么还把它留着，可能是因舍不得她这个人。"

"她？"

"是，一个年轻女子，我从前那精乖伶俐的助手。"

"可以借我参阅否？"

"唉，"总管把文件放回抽屉，"你若是女生，可以用她的履历借鉴，男生，天生比较安全，不必了。"

"总管仿佛觉得男子是幸运一群，但你看路边乞丐，还是男性多数。"

这时助手在门口说:"小王,周末我家野餐,你也一起吧,记得孙竹吗,她也会在场。"

"我——"

"请勿拒人太甚。"

这时,助手身边电话响,他连忙取出听。"是,周太太,什么,周昭离家出走!已失踪一日一夜?我马上过来,是,我带公司私家侦探。"

他风一般卷走。

不知怎的,老总管冷笑苦涩地说:"自家女儿是珍宝,人家女儿是贱草。"

她往茶水间去。

趁她不在房内,王抑扬拉开文件柜抽屉,把那份履历,轻轻揣怀中。

他把它锁到自己办公桌里。

助手伸手招他:"你也一起。"

周宅事无大小,动辄六七人一起办事,人多势众。

王抑扬并不焦急,周昭能走到何处?自幼她只能呼吸周宅特种空气,走到外边,顿告窒息,非打回头不可。

不过，忠诚保姆不这样想，她眼珠凸出，一额汗水，双手掩胸。

王抑扬叫她到厨房坐下，斟一杯红茶，掺入白兰地，让她喝下。

保姆说："为什么她要出走，家里待她像公主一样，要什么有什么，没要的也堆她眼前，衣食住行均顶尖，受最佳教育，人人小心翼翼顾着她情绪，她为什么要走，外边是什么世界，风大雨大，豺狼虎豹，我担心得一颗心突突跳，小女生怎可在外过夜！"

"太太呢？"

"太太重重叹息，她如常往律师处办事，然后上美容院做按摩，你说，这又是怎么一回事，她可是急疯了？"

能做的都已经加倍做到，少女仍然不顾母亲感受，自杀也不管用，不如做按摩，"周昆与小宝可知她下落？"

"周昆不在家，小宝在发脾气。"

"可有通知周先生？"

"周先生电话不通，公司说，他人不在上海，他在首尔。"

保姆像热锅上蚂蚁。

这么说，屋里只有小宝。

"周昵，周昵。"

他在小课室找到她。

一地都摔的是功课簿子与文房用具，手提电脑烂成两片。

看到王抑扬，她放声大哭，嘴巴变形，苹果脸似被压榨，哭也如此可爱。

她扑到老师怀中抽噎，老师轻声说："嘘，嘘。"

助手进房说："律师说周昭已成年，可以报警，但要四十八小时后才予受理，当失踪人口。不如我们自动发散人手搜查。大小姐多数去何处？"

"音乐学校。"

"已经找过，无人。"

"几个好同学处？"

助手答："也已去电，并且恳求他们不要隐瞒。"

"大小姐水豆腐一般，能去何处？"

"是什么引致她离家？"

"太太把飞机票交给她，着她下星期启程往美。"

这就是了。

"她为什么不愿意，可是她男朋友在本地？"

"她没有男朋友。"

"这就怪了，通常少女离家，是因男友诱拐。"

王抑扬领小宝到楼梯间坐下。

"你又为什么发脾气？"

"没人关心我。"

"小宝，每个人都钟爱你。"

"哼，我也要离家出走，让你们着急。"

"你可知姐姐走往何处？"

"她从来不爱外出，我不知道。"

"离家前她可有说什么？"

"她说带着大提琴，真不方便。"

王抑扬立刻问保姆："周昭的大提琴可在？"

"唷，这才发觉琴已被带走。"

"不怕，那样庞然巨物，能到何处去。"

"我们立即叫人找一个带着大提琴的美少女。"

"唉，真像漫画小说故事情节。"

"大小姐，求求你，有什么话回来好好说。"

助手忽然吐真言："也不能把她留在家中直到三十。"

"嫁人时搬出是正经做法。"

"那是上三个世纪刑罚。"

"你们知道什么，你们以为社会已经开通——"

"嘘，有电话。"

"谁？"

"是大小姐！"

众人都静下听助手说话。

"大小姐，你在何处，我们马上来接你。是是，不去加利福尼亚，明白，你爸妈一时不便听电话，同我说也一样，你可安全？是否有人唆你？"

又说几句，才放下电话。

"她说她在朋友家，暂时不回家，要与周太太说话。"

保姆说："太太已经气得不想开口。"

"她说朋友家很安全，只是多蚊子。"

"蚊子！"

保姆说："我去回太太，大小姐总算有良心，报了平安。"

王抑扬说："我还有一点事回公司，随时联络。"

在门口碰见周昆下车。

憔悴的他照样漂亮清秀,这个人,只要迟出生二十秒,就是个女孩子。

他轻轻说:"有见过更乱的一家人吗?"

王抑扬答:"有,像父失踪母自杀女儿服毒。"

周昆骇笑。

王回到公司,同事已经下班,他脱下外套,斟杯咖啡,打开锁,取出那只神秘活页夹。

他双手颤抖,只得先喝一罐啤酒。

打开扉页,王抑扬看到一张小小报名照,一个容貌秀丽的少女,穿白衬衫,剪短发,王再也忍不住,泪流满面。

照片之下是她的履历:王悠扬,女,二十岁,和中专业学校商管科毕业,加入公司日期——

他用手指轻轻抚摩照片,终于被他找到证件。

履历中少女表现优秀,在两年内升了三次,终于成为周氏私人助理。

就在翌年,人事部在记录上盖上"离职"二字,档案告终。

但是，有一张小小发黄剪报新闻，夹在尾页，报纸已泛黄，只有两英寸乘一英寸，短短数句："女子王悠扬注射过量毒品暴毙莱阳旅馆房间，死因无可疑，床边有剩余海洛因及针筒。"

王抑扬缓缓合上文件，他浑身颤抖，举步艰难。

他再到茶水间取啤酒。

女同事比比李正煮咖啡。"咦，你也没走？脸色好差，小王，不是失恋吧？"

王抑扬坐下喝啤酒。

"是否我把失恋估计太高，惹你暗笑？"

"不，不，失恋是大事。"

"到周氏工作一季，有何感想？"

"很好，很好。"

"公司很快会有变化，我正忙着整理资料替周太太送往首尔给周先生，她单方面申请离婚，并按照婚前协议收回周氏企业。"

王抑扬一怔，不出声。

"没想到周太太办事如此迅雷，她的律师孙小姐能干，快刀斩乱麻。"

"律师姓孙？"

"叫孙竹，名字很好听可是？"

这时比比李的电话响，她一看，"是周太太找，对不起，看样子我要做通宵。"

她匆匆走开。

王抑扬缓缓喝完手中啤酒，静静离开办公室。

他做了一件很奇怪的事，他到附近食肆买一碗及第粥及一盒西洋参交到办公室楼下管理员手中，"递给李小姐趁热吃。"

然后，他骑摩托车回家。

喝过酒，在微雨里，他小心驾驶，只见马路上四处汽车霓虹，衬着雾中灯光，不知像华丽仙境抑或迷幻地狱，两界似无分线。

过山坡时他心想，稍微拧轼就可直冲山下，再也不必忍受丑恶人世。

但是王抑扬没有那么做，他的任务进展良好，还没有完成，他还有路要走。

微积分

肆·

复仇不应该是最最痛快的事吗？

手起刀落，

才知空虚中还有空虚。

到家，已全身湿透。

用锁匙开启大门，他一边脱湿衣一边想开灯，手还未摸到灯掣，忽然头上挨一下，剧痛，他怪叫，惊觉屋里有人，而且要置他于死地。

他顾不得伤处，发挥紧急能力，咆哮一声，扑向那个黑影，把他压在地上，扭转他的手臂。

那人高声喊："别伤害我。"

声音好不熟悉："我的天，周昭，是周昭！"

"王老师？"

王抑扬连忙开灯，一看，果然是众人都在寻找的大小姐。

她已经吓破胆，簌簌发抖。

二人异口同声问："你怎么会在这里？"

周昭答："大哥把我藏进屋，这是他以前住所，他有锁匙，你呢？"

"现在这是我的寓所，我也有门匙。"

他额角冷腻黏答答，一摸，是血，他照镜子，额上伤口不小，起码要缝针，他先止血，用蝴蝶胶布贴上。

"我送你回家。"

"我不回去，我要与母亲谈条件。"

"周昭，我真猜不到你如此忤逆。"

这才发觉用来袭击他的是那个大提琴黑檀柏卡蒂弓，用力过度已经折为两截，暴殄天物。

价值连城的史特拉底华利琴靠在墙角。

"周昭，快回家，别再添乱，你父母正办离婚手续，他们两个也十分尴尬。"

周昭听到这个消息，退后两步。

"你为着什么人不愿往加利福尼亚州？"

"那人是你。"

"什么?"

"老师,你与我结婚,我们一起到加利福尼亚州。"

听到这样的话,王抑扬头都昏了。

"今日是很长的一天,我累,你也累,你先回家再说。"

他取起电话就要通知周宅。

这时,周昭手臂抱住他:"老师。"

王抑扬卧倒地上,喃喃说:"周昭,是你自己送上门,不要怪我。"

"绝不怪你,是我自愿。"

"周昭,现在走还来得及。"

"我不要去见不到你的地方。"

她像糯米糍一般脸蛋趋近。

王抑扬把她纤细身躯拥到怀中,再次落泪,忽然发觉,周昭也在哭泣。

第二天,他的伤口因处理不当,红肿、疼痛。

王抑扬表示要往医务所缝针。

周昭陪着他。

医生为王抑扬细细检查,消毒,除脓,结果缝了十五针之多。

王抑扬从此破相。

周昭嚅嚅说："对不起。"想握他的手。

离开诊所，在停车场大黑车内有人一见两个年轻人，立刻跳下车，一下四名大汉，围住他俩。

接着，另一辆房车也有人下车，那是周太太与周昆。

周昭退后，躲到王抑扬身后。

王轻轻推开周昭："回家去吧。"

周昭惊怖莫名，王老师出卖她！这时，她不是怕回家，或是往加利福尼亚州，而是她最信任的人毫不犹豫撇甩她。

她忽然镇定，努力站定，握紧拳头，低下头。

周昆看着妹妹。

周昭抬头，凝视大哥："你也出卖我。"

周太太说："别胡闹了，上车。"

周昭脸如死灰："好，我往加利福尼亚州，越快越好。"

"行李已准备妥当，傍晚保姆陪你乘飞机。"

周昭上车坐好，保镖关上车门。

她无神泪意大眼漫无目的地看着前方，毫无表情，被押回家。

停车场只余王抑扬与周昆。

周昆说："我刚要告诉母亲周昭所在地，你的电话已到。"

周昆对母亲说："我知道大小姐在何处，并可把她带回，但是，我零用不够，甚难行事。"

"你绑架亲妹？"

"不，我只不过出卖周昭。"

周太太僵住，看牢儿子。

周昆毫无惧色，亦无愧意，与母亲比谁先眨眼。

周太太开出支票。

他看过银码，还未开口，电话响起，她一听只说句明白，立刻叫人出发，对周昆说："你也来。"

他们在诊所停车场截住周昭。

王抑扬静静听完周昆叙述。

"怎会被你捷足先登？"

王抑扬推开他："你是我所知最丑陋的人。"

周昆反唇相讥："拜托，你别谦虚。"

王抑扬双目通红，回到办公室。

比比知他回来，走出道谢，一看，吓一跳："小王，你双目红如兔子，额伤有血渍，发生什么事？"

他不回答，找到周氏助手："请安排我与孙律师见面。"

"你决定来烧烤会？"

王抑扬微笑："是，我一定到。"

他取过替换衣裳到员工淋浴室清洗，他站在莲蓬头下不知多久，才出来抹干身体换上衣裤，镜子里的他像老了十年。

老总管说："你不舒服，回家休息。"

他一言不发着手工作。

一整天不吃不喝也不累，低头查阅同事工作表现报告，他的胡髭在下午五点已长得一片青色。

他仍然不愿下班。

周琴来电："周昭与保姆已上飞机往加利福尼亚州，我有话说，什么时候方便？"

"我那里，三十分钟之后。"

他预先回去收拾一下，把大提琴与断弓收到衣帽间。

周琴带着食物，打开，是一锅周宅著名的香糯白粥。

她用碗盛出，"我想知道的是，你如何得知周昭下落？"

王抑扬缓缓说："我是她老师，她信任我。"

"你为何泄露她行踪？"

"她是迷途羔羊，理应由家人领回家中。"

"周昭极之伤心，回来之后，不发一言。"

"少女伤春悲秋，一日半天就好。"

"你了解她。"

王抑扬答："我根本不认识她。"

周琴轻轻问："王抑扬，你到底是谁？"

她已起疑心。

可是到这个时候才问，不知会不会太迟一点。

"我叫王抑扬，出身普通家庭，生父在我六岁那年，忽然失踪，音信全无，丢下母亲、姐姐与我，三人设法挣扎存活。"

周琴脸色软化："呵。"

"就那样，熬过最困难的十年，家母在一家小制衣厂做会计养家，记忆所及，家中没有一样东西不是旧的，姐姐衣裳改自母亲旧旗袍，我穿姐姐的圆领衬衫，用旧书铅笔头。"

周琴吁出一口气。

"唯一叫妈妈开心的是，我们姐弟二人，功课成绩名列前茅，获奖学金，不用她操心，一家熬下来，姐姐找到工作，领薪水帮补家计，我还以为终于看到黑暗隧道那一头的光明。"

周琴掩住胸口："发生什么事？"

"那年我十六岁，我姐忽然意外身亡。"

周琴吸一口气。

王抑扬双目更红，如滴出血来，周琴看仔细，他视网膜微丝血管破裂，眼白才一片红。

她伸手抚摩："我陪你看医生。"

王一手推开："半年后，家母觉得毫无存活意义，一病不起。"

周琴掩住嘴。

"临终时嘱咐我向上生活，王家女性悲剧，与我无关，男子汉志在四方，眼放世界，不可能报仇的冤事，搁置为上，别一生为可怕负能量牵绊。"

他声音渐低。

"我竟不知道。"

王靠紧周琴身上，他闭上眼睛，像是回到有一次，七八岁，放学抱住妈妈流泪，"班上安琪取笑我穿女孩衬衫，不与我玩耍"，母亲柔声安慰，叫他委屈一扫而空。

王抑扬默默流泪。

"不怕，都过去了，你慈母说得对，莫让那负能量占据心房。"

周琴完全忽略王抑扬话中重点。

一个成年人竟如此糊涂，后果自负。

她轻轻拥吻他。

第二早刮胡髭，祸不单行，下巴冒血。

周琴连忙帮他止血。

王抑扬人中、嘴唇、下巴诸线条无一不美，周琴许久许久没有接触年轻男子，只觉满心欢喜，高兴得想哭。

"今日有何节目？"

"我要回公司。"

周琴微笑，周末，回人事部做甚，但讲好此事并无结果，她选择放过自己。

她说："我叫司机来接。"

王抑扬被周氏助手接到郊区一座小别墅，他几家亲眷已经兴高采烈在吃烧烤，孩子特别多，小的还是婴儿，也咬着面包笑。

大家都表示欢迎王这个外人。

他还是第一次发觉众多亲眷居然可以如此友爱，叫人羡慕。

大人先招呼孩子群，烤熟鱼虾剥壳除皮先优待孩子，较大的排队管理幼儿，并井有条好家教。

助手这人，在公司是两头蛇，弄不清楚他是周先生抑或周太太的人，但在家庭聚会，他变得纯良友善，无论谁把西红柿酱之类倒泻他身上，他都笑呵呵，变了一个人。

王抑扬也乘机变身。

他烤一块大 T 骨牛排，一手叉，一手抓，就那样蹲着吃。

助手走近，给他啤酒，他老实不客气地接过照喝。

"小王，我给你介绍孙竹。"

王抑扬抬头，只看到一对浓眉以及一对似会洞悉一切的大眼。

他咧开嘴："你好。"

牛油自他嘴角滴下。

那孙竹只看他一眼，没好气，立刻转身走开。

助手连忙替王抹嘴："去，追上去。"

王知道自己焦头烂额，眼睛红肿，不宜见生人，但他的确有求而来。

他轻轻走近。

"孙小姐，你好，我叫王抑扬，我是你姐夫同事。"

孙竹看着他："谁将你拖出毒打？"

她正在涂蚊怕水，王有绝招，他取出一只小电子驱蚊器："佩在身上，蚊子不近。"

孙竹如释重负。

"想吃什么，我替你烧烤。"

"你先招呼孩子，黄口无饱期。"

两个十二三岁男孩闻言大喜。

王不忘替他们添些蔬菜水果。

最后，烤两只大带子给孙竹。

"嗯，好吃，你有一手。"

"孙律师，我有事请教。"

孙竹看着他："我给你名片，你周日预约时间。"

"是别人的事。"

"那更无可能，律师需替客户守秘。"

"我真笨。"

"请给我添一块鲑鱼。"

王抑扬特别用心烤得七分熟，只撒几颗海盐。

孙竹吃得嗯嗯连声。

王又给她几条芦笋与一球朝鲜蓟。

孙竹这时说："朋友之间交谈，还是可以的。"

王抑扬忽然犹疑。

他抬高头，蓝天白云，清风徐来，孩子们嬉笑声几可传达天庭，如此一个好日子，为何要用来复仇，何不听母亲遗言：放开一切，踏步向前。

看，角落有一辆二人共享自行车，为什么不约孙竹一起骑上游玩，她正是时代先锋，智慧独立女子，多一个朋友难道不比多一个敌人好？

他已经受够做够，周氏如要对付他，也有足够理由叫他无故注射过量海洛因倒毙市内任何一家小旅馆房中。

一定要继续下去吗？

他不能够饶恕自身吗？

为何王抑扬要如此刻毒王抑扬？

孙竹看他脸色忽然转为黝黯忧郁，不禁纳罕，这漂亮年轻人有什么心事？

幸好这时她姐夫走近："孙竹，我也要找你说话。"

孙竹知道他要问什么："周先生尚未回到本市，他决不罢休，暴跳如雷，叫他律师指出不平等合约订于二十五年前，应当作废，或起码有商榷余地，看，不该说的也已全部告诉你。"

"公司如何？"

"绝不解散，嘱各员工谨守岗位，努力向进。"

那助手欢呼。

各人原只关心各人自家的事。

"周太太会怎么做?"

孙竹喝着甘蔗清凉茶:"无论是哪个女客户,我都劝她们设法要求最高可能的赡养费或资产,你们男性听着不以为然吧,但,一个男人没有钱会贱,女子则会变得烂贱。"

从孙律师口中说出,真是金石良言,铿锵有声。

可是谁敢同这样的女子共骑二人自行车,同伴一有差错,她说不定一脚把对方踢下,冤。

孙律师吁出一口气:"男人是男人,永不驯服,老周有家当有美妻有子有女,可是这些日子,他从不满足,不过是一个入赘小伙计,娶到千金小姐,还得处处挑剔,这番一定要叫他自作自受。"

这时,助手已走开与孩子们玩老鹰捉小鸡,欢笑盈耳。

孙律师语气平静:"我手上有他多次与不同对象的幽会照片。"

口气越平静,越是凶险。

"周太太一直搜集证据。"

王抑扬轻声说:"那你要妥善保护周太太。"

孙竹一怔:"你知道得比我姐夫多。"

"我向你打探一个人，她一度也是周氏女友。"

"名字太多，一时记不清楚，况且，我也不便透露。"

"她叫王悠扬。"

"是你什么人？"

"亲姐。"

"啊。"

"你记得她。"

孙竹不语，面色已变。

"可否把有关她的照片给我看？"

"你不会想看那些数据。"

"你不是她的兄弟，你也不是我亡母。"

孙竹震惊："你母亲——"

"家里只剩我一个人。"

"王抑扬，她们已不在人世，请你无论如何放下自在，不要继续惩罚自身。"

说完，她静静走开，到人群扮老母鸡，咯咯叫，保护一行小鸡。

王抑扬骑着自行车在近郊兜一个圈子，在树荫下不知不觉睡一觉。

有一只柔软的手抚摩他的脸，他轻轻叫姐。

睁开双眼，发觉是孙竹。

她告诉他："星期一上午九时到我办公室。"

烧烤会告终，一个小男孩感慨说："天天这样多好。"

他喜聚不喜散。

大人取笑："那么谁工作赚钱分配食物清洁杯碟，啊？"

王抑扬低着头回家。

他呆呆看着天花板一夜。

一早到孙竹律师事务所。

气氛严峻，空调冷冽。

秘书把他带进会议室。

孙竹随即拎着平板电脑走进，大眼睛放出寒光，她不说早，也不招呼，只说："给你三分钟，然后我收回数据。"

她出去了。

他打开电脑。

他首先看到的，是姐姐那张报名照，还是个孩子，家境欠佳，要出去做事，少女堕入社会尘网。

头一份工作，在贸易行人事部做信差，月薪六千，搭车吃中饭，已没什么剩下，仍努力交半份薪水给母亲贴补家用。

一次，她告诉弟弟，有某文员，每次走过她身边都有意无意摸她肩膀，她敢怒不敢言，一次，伸手摸到脖子，她吓得流泪。

中年女主管看在眼内，仗义扶弱，报告上头。

那人被开除出去，临走还责怪社会道德水平低，同事脸皮厚之类。

第二张照片，叫王抑扬胃胸不适，那明显是私家侦探偷摄，较年轻的周氏低头，双臂自背后抱着悠扬，悠扬背向他，腼腆微笑，周氏一副沉醉模样，情不自禁，吻她鬓角。

王觉得小会议室内空气不一样了，充满苦涩，叫他窒息，他想呕吐。

第三张照片最可怕，但叫他凝视最久。

悠扬已无生命迹象，躺着，双目紧闭，嘴唇青紫，但，眉目仍然清秀。

档案只有这三张照片，已经简述王悠扬短短一生。

抑扬的头嘭一声碰到写字台面，他心如刀割，想呼叫，发不出声音，像梦魇中人。

这时孙竹进来，收起电脑，给他一杯热咖啡。

他捧着杯子，咖啡泼出。

孙竹也算是女铁汉，看着也不禁难过。

咖啡里有白兰地，王抑扬总算安静下来。

他对孙律师说："悠扬并非自杀，她没有遗言，她从来不沾药物。"

孙竹不出声。

"请帮她申冤。"

"我不是刑事案律师，这件事我调查过，警方重案组有熟人，告诉我，死者生前情绪受到极大困扰，一个年轻女子承担不住，故寻短见，这种悲剧在都会并不少见，门户在内上锁，并无挣扎痕迹。"

"她是否怀有身孕？"

"照法医说，她已做手术，并没有保留胚胎。"

"他们对周氏没有怀疑？"

"一个成年人是否坚强克服创伤过失继续生活下去，由他自身负责。"

"多么文明。"

"王，实不相瞒，如果这可以使你好过些，许多女子做过此类手术，她们也遭人蒙骗，以为可以得到幸福，但都仍然存活。"

王抑扬把另一张照片放桌上："那么，这个英国人呢？"

"这是什么人？"

"他是英国人琼斯，也是周氏眼中钉，死于同样可疑情况，你可派人调查。"

孙竹握住照片："我会研究。"

王抑扬累得抬不起头："我要走了。"

"几时出来喝一杯？"

"一定。"

她已晋身为他好兄弟。

王抑扬走到街角，终于忍不住呕吐。

回到公司，连忙进淋浴室清洁更衣。

老总管轻轻说："喝碗肉汤，看我烹饪技术如何。"

"那是你的午餐。"

"不妨，这几天你憔悴不堪，需要食补。"

"瞒不过你法眼。"

"小王，这件事不宜深究，它会把你整个人消耗掉，得不偿失，人类的生命往前推，一路失却：我们失去童年童真，我们失去辞世亲人，终于，连自身健康也消失，你要设法克服失去的悲伤才能成长。"

王抑扬抬头："啊，总管，你知道多久了？"

"你一进门我就顿悟，同样的大眼睛，一般俊秀，可爱笑容，名字又有两字相同，我只纳罕，周氏竟不觉察。"

王抑扬低声说："因为，他一早已忘记那个人。"

"小王，我苦口婆心。"

"我明白你的关怀。"

"那么，把汤喝完。"

那是一碗炖烂的金钱腱杞子汤，王抑扬食而不知其味。

"明晚，周氏夫妇与他们的律师，会到这里开会。"

王抬头看着老总管智慧的面孔。

"一直以来，那边书架底下，有一个通风口，可以清晰地听到小会议室里的说白，我嫌嘈吵，用油皮纸封掉，你若有兴趣，我可将纸张掀去。"

"谢谢你。"

"希望你可以得到解脱。"

那天下午，他到周宅探访。

周昵责怪："母亲说你合约届满，不再替我补习，但，你没有正式道别。"

"这是我今天来的原因。"

"你舍得我，你舍得不来？"

她苹果似的脸趋近。

王忍不住伸出双手拧她脸颊。

"我给你看一样东西。"

王抑扬误会："不，不——"

她已经坐下撩起裤管，只见足踝上有一圈棕色字样，这是什么，是足链？不，那是一行文身。

王抑扬蹲下细看，蚂蚁大小字样是：

Given that $\int_2^9 f(x)dx=12$ and $\int_6^9 f(x)=7$, evaluate $\int_2^6 f(x)dx$.

这是一道微积分题!

"看,你我因微积分结识,你走入我家,也是因为这门功课,我把它文下作为纪念。"

"你未足十八岁,怎会有文身馆替你做?"

"我用姐姐的学生证。"

"你母亲可知道?"

"她忙离婚,再也不理我,保姆也不在身边,我终于自由,这时,又发觉穿奇装异服是为着刺激她们,此刻没人看,再短的裙子也没用。"

"我也会责备你。"

"老师,你可爱我?"

王抑扬说:"小宝,可爱的你,会找到最爱你的男伴。"

"你可以等我到成年。"

"你很快要去寄宿。"

"那是一所尼姑学校,据说刚取消体罚,一些老尼,会得偷吻憩睡中的女学生。"

王抑扬没好气:"你的想象有点龌龊。"

小宝哈哈哈大笑。

王取出一件礼物："送给你。"

周昵打开，原来是一只八音盒子，一个小丑在玻璃罩内推动一辆糖果车，叮叮咚叮叮咚发出乐声。

"哎，是件古董，曲名是什么？"

王抑扬轻轻吟唱："我独自上路，我的心属于我，我不觉寂寥，我独自旅游……"

"老师，谢谢你，我会珍惜。"

"我向你道别。"

"保姆下星期回来办货给大姐送去，你可向她打探大姐近况。"

王抑扬轻轻转过身子。

小宝老气横秋地说："她爱你，不是吗？"然后，意识流般搭一句："文身，极痛。"

王抑扬不见周昆，他有他去处。

在公司比比李与他每晚都做到很晚。

她告诉王抑扬："明晚就亮枪决斗了。"

"谁会赢？"

"我希望周太太胜利。"

人同此心。

"人人都以为老周好色，其实不是，他只是希望收集天真无辜的战利品，好证明他是有能力的男性。"

"他可有——"

"我并不天真，我不受那种噱头，我不缺父爱，我喜欢年轻健硕的男子。"

比比伸手摸摸他领子。

王抑扬忍不住微笑，比比是人精。

那孙竹是什么？一时想不出来。

时间到了，其他同事已经下班，他在指定地点出现，他是配角，主角在邻房会议室。

他取罐啤酒喝，锁上老总管房间，用力移开书架，墙壁底部，果然用油皮纸密封，他轻轻剥开，看到老式房子特有的通风口，像一本杂志那样大小，自雕花盖罩看出去，是另一座书架背部，可见一直不为会议室诸人发现隔墙有耳。

他看看时间，差不多了，已经听到脚步声。

一共四个人，两男两女，周氏与律师，周琴与孙竹。

王抑扬蹲在密室屏息聆听。

各人坐好，先听见两名律师发言。

孙竹说："这是我方分手费。"

对方律师一看："侮辱周先生，请加百分之三百。"

"不可能，就这么多。"

"你们小觑贬低我方，不能容忍，周先生，我们走，慢慢打官司好了。"

王听到椅子被推开，两男站立，预备离去。

忽然之间，孙竹霹雳般大喝一声："坐下！"

连王抑扬都吓一跳。

他听见孙竹唰唰唰像赌场荷官发牌，派出一些卡片。

她压低声音："你方不要敬酒不吃吃罚酒，对你客气，当作福气，周先生，你莫以为你略赚过一点钱，就不是地球人了。"

两个男人缓缓坐下，像是看到什么意料之外可怕的事，沉默不言。

五分钟前的嚣张气焰全部消失。

孙竹说："这，这，这，全是你通奸证明照片，你可是要打官司？"

那一方不说话。

"还有这一位小姐，记得吗，她自杀身亡，可是疑点重重，你可要警方重案组重新开启悬案调查？"

对方律师这时气急败坏："你有什么证据，诬告，无可能入罪。"

孙竹冷笑一声："目的不是入罪，目的是叫周氏身败名裂，以后不能在本市抬头。"

她彻底击毁对方。

只听到周氏匆匆在文件上签字。

他站立时推跌椅子。

就这样，这场仗结束。

像天下所有战争一样，没有胜家。

可是奇在，周氏夫妇，没有说过一句话。

看到如此例子，谁还敢结婚？

王抑扬垂头。

这时，他听到周琴啾啾哭泣声，像煞他母、姐深夜伤心落泪哽咽。

再隔一会儿，两人也轻轻离去。

王抑扬这才重新封上通风口，把书架移回。

他独自坐着良久，天微亮才回家。

接到周琴电话，"可以上来吗？"

王抑扬立刻开门等待。

她脸容憔悴，双眼红肿。

王抑扬轻轻说："别再浪费眼泪。"

她把头靠近年轻人强壮肩膀，隔一会儿才说："花点钱，已把他打发掉。"

"那亦算如愿以偿。"

周琴苦涩说："真是请客容易送客难。"

"子女抚养权呢？"

"周昆与周昭已经成年，见谁，不见谁，凭他们，至于周昵，我想她也不在乎。"

"周昵几时启程？"

"最快下星期，把子女送往外国读书，余生，他们就属于那个国家，回不来，人回，心也不回。"

"周昭呢，她可习惯？"

"保姆一直有消息传回，她只能照顾周昭起居饮食，她说大小姐似换了一个人，不再畏羞、胆小、怕事、沉默，上学放学搭地铁或用自行车，穿着工人裤与同学到街角表演琴艺讨钱——"

什么！

"我担心得不得了，但保姆说她整天哈哈笑，判若两人，她怕大小姐晚上背人垂泪，偷偷留意，但是没有，周昭睡得很好。"

王抑扬沉默垂头。

"照说，性情大变，甚为不妥，但，又不能不让她嘻哈，我筋疲力尽。"

王吁出一口气。

"如果可以回到从前，绝不结婚生子。"

他伸手搭上她肩膀。

"她那只琴，始终没有寻着，记得那年她十四岁，陪她到苏富比选择琴弓有说有笑，母慈女孝，不料今日——"

王抑扬进厨房做咖啡。

"对不起，我直向你诉苦。"

"不妨，朋友原该如此。"

"你只是我朋友？"

王抑扬柔和答："好朋友。"

"周昆下星期到公司上班，做你助手。"

"那怎么可以，反对。"

"那么，你做他助手？"

"若要叫他安心学习，需给他一个合理职位。"

"你说得对。"

周琴做那样重要的决定，竟信任街外小青年，王抑扬想，女人心思有时真奇怪。

他淋浴更衣，周琴在门缝张看，水珠在他强壮肌肤上闪闪生光。

"你有偷窥癖，危险。"

"你长得漂亮。"

王忍不住笑，女人。

他穿上白布衫牛仔裤："带你去一个地方。"

"何处？"

"去了你就知道。"

周琴不加考虑，跟着他走，女人。

把她卖掉，她还帮他数钱。

王家的女儿，也就如此被卖进地府。

王抑扬走进一家慈善食堂厨房。

他熟练取过菜单一看，穿上围裙，把一大箱蔬菜端到桌上，对周琴说："去皮，全切成一英寸丁，当心手指，快。"

周琴看着那起码二十多斤蔬菜，这可要切多久，只见他又去抬出半身高大锅，自冰柜取出大桶牛骨，丢一起开火熬汤。

有一个金发神气文身年轻人走近，与王抑扬击掌："你一来我可以躲懒打壁球。"

他朝周琴眈眈眼。

周琴脸红。

王抑扬把他大力推开，他哈哈笑，拥抱王，然后离去。

那种亲昵友情，叫人羡慕。

王说："喂，动手呀。"

其他义工走近说："小王，你是生力军。"

周琴低头洗蔬菜忙着削皮切块，她恍惚，双耳始终红红，到了这种年纪还会脸红，啊，也许一切都还值得。

她比自己想象中做得快，但是，一小时后已经手腕酸痛，虎口发麻，真未想到要如此用力。

一个中年太太走近："亲爱的，你先去预备餐具。"

周琴抬头看王抑扬，只见他双颊发着汗光，两眼炯炯，捞出汤内骨，出力专注之时，煞是好看。

片刻他走到门外观察情况，看到已有十来个流浪汉在轮候。

他抬出面包与水："先吃一点。"

一个皮肤溃疡，门牙全落的老汉朝他笑，多取一个面包。

王抑扬心酸，差那么一点点，他也许就是那个老人。

此刻放手还来得及——

还来得及，不，不，已经太晚了。

有人大声叫他。

他抢进，看到义工高举周琴左手，她手掌流血，一直滴到手肘才凝固。

王顿足，立刻提出急救箱替她包扎，戴上胶手套，吻她的手一下。

他把蔬菜倾入汤内，"二十分钟就好"，用的是压力锅。

忙完轮到其他人接手。

他送周琴回家。

周琴说："哗，两只手臂似要甩出来。"

"还是挂彩了。"

"我真不济。"

"今天要提供一百多客浓汤。"

"天天如此？"

"有时更多，我亏欠这些社交活动。"

周琴伸手摸他腮边，他再吻她的手。

没有结果，没有将来。

过几天，周昆来上班。

他浑身的颓废慵懒变成他的气质，像是二十世纪五十年代留英诗人，白麻衣裤皱皱，似他心思。

同事朝他注目。

老总管说："两个青年，两个世界，天渊之别。"

王抑扬不会那样说，他与他，其实是同路人。

"我派他跟比比合作，将来，可帮他母亲。"

中午，周昆拉住王抑扬，低声说："身上现款全部交我。"

王只得把整沓钞票给他。

"不够。"

王叫住比比："把钱包拿出。"

"要来干什么？"

"同人打赌，一赔十，我做不了三天。"

"自己赌自己，你赌做得了还是做不了？"

"当然做得了。"

这时比比说："我有文件要存档案，周先生你过来。"

下午，寻周昆不见，原来他在大班房把四张椅子拼起当床榻，在上边酣睡。

比比替他盖衣，这样说："我不想输钱。"

"喜欢他？"

比比答："有一种水果，譬如说桃子，开头烂的时候外皮看不出，直至一日，轻轻一按，啪一声，皮爆开，内里一泡浆，烂臭不堪。"

这不是在形容他王抑扬吗，已经差不多了。

三天后，周昆赢了赌注，很高兴数钞票派彩。

周昵终于也被送出。

"哭吗？""没有，手里捧着一只八音盒子。""孩子们真怪。"

大屋里只剩周太太与周昆。

王抑扬反而不大去。

只记得小课室天花板有以前周昵生气丢铅笔的痕迹，桌子上刻字：Life sucks[1]。再正确没有，整个周宅，周昵最可爱。

周琴把整间屋子粉刷，家具也全换簇新，她搬到阁楼暂住。

有几天，油漆气味特浓，她与王抑扬同居。

真想不到有那样大胆子，两人分别回公司，一前一后，佯装与对方不太相熟，各有各岗位。

这些日子，周琴如果拉开储物室门，就可以看到那只

---

[1] 即生活糟透了。

硕大提琴，但是没有，空闲时间她在露台浇花。

王抑扬问周昆："这些日子，你住何处？"

"人总有朋友。"

"益友还是损友？"

"可以告诉你，所谓友人，皆猪朋狗友。"

王故意问："那么我呢？"

周昆遗憾："你难以捉摸。"

"生活还舒适吧？"

"我住在酒店，比较需要钱。"

"你会欠钱？"

"有时，你不知道，亲生父母对子女有多刻薄。"

王抑扬微笑："啊，我肯定。"

"家母的支票簿可存在老总管处？"

"我不会知道。"

"我学她签名，技巧老到。"

"周昆，那是犯法的事。"

"家母所有，日后不见得全部捐出。"

王抑扬没好气："我没有父母，那怎么办？"

他睨着王抑扬："你是世上罕见阳光好青年。"

王不出声，打开抽屉，给他一小包工具。

打开，是一套开锁器。

周昆骇笑："你怎么会有——"

"我常常忘记带门匙。"

然后，王装作整理文件，轻轻说："公司人多，家里晚上静得多。"

周昆拥抱他。

他身上有股酸酸的气息，那不是汗，王抑扬知道他一直没戒除药瘾。

中午，王留在公司吃炸鸡薯条。

日志上这样写："每一步都需要布置，原来，我是一个那样恶毒的人。"

周琴急急找他，脚步不稳，也不管一旁有人，声音沙哑："周昭急症进医院，我要立刻赴美看她，你陪我走一趟。"

王抑扬先消化这个消息，然后缓缓答："我一时走不开，你让孙律师陪行吧。"

周琴一呆，退后一步，他没答应。"当然，当然。"

她急急着人找孙律师。

原本一额汗的周琴忽然手足冰冷，年轻人语气冷淡，叫她惊骇。

幸亏，毕竟是按时收费的人最牢靠，孙竹急急赶到。

孙对王抑扬说："周昭因紧急事件入院，保姆精神衰弱，你最好一起过去帮忙。"

又是一队兵。

"那么，带那助手吧，这些日子他饱受冷落，要不比比李也很能干。"

孙竹瞪他一眼。

"对不起。"

他摊摊手走开。

那助手兴高采烈行李也不收拾就护着两名女子出发到飞机场。

比比走近："什么事？"

"大小姐住院。"

"失恋自杀吧。"

她也不喜欢哼哼唧唧动辄无病呻吟的富女。

周昆问："大小姐何事？"

他自己家的事倒问别人。

半夜，王抑扬接到电话："老师，老师。"

声音极轻，但一听，却是保姆，"太太出发没有？"

"过些时候就到。"

保姆饮泣，她在周宅那么久，什么事没见过，如此惊慌，可见非同小可，王抑扬更加庆幸没参与这宗盛事。

他一向对保姆有好感："你担惊受怕了，如果说出舒服些，那么，我会静听。"

"老师——"她有口难言。

"周太太带着助手与孙律师，很快赶到，大小姐没有危险吧。"

"已度过危急期，她足足输了整个身体的血液，才自休克救回性命。"

王抑扬心也一沉，他起初以为不过是在腕上轻轻划一下，原来如此严重。

"半夜，她敲我门，整个下半身是血，脸如金纸，倒在地上，我从没见过那么多血，连忙打911，救护车赶到，她已浑身抽搐，我手足无措，只会喊'救命'，一个救护员用普通话说：'别怕别怕。'我马上知会周太太。"

王抑扬沉默。

这不是他想听到的消息吗，为什么没有一丝高兴？

"——这样矜贵，周家掌上明珠，为什么自我作贱到如此地步？"

终于，王抑扬低声说："生命无恙就好。"

"我早知道，这些日子她嘻嘻哈哈哈哈疯疯癫癫，不是什么好事。"

王抑扬嗯嗯连声。

"有人按铃，我去看可是太太。"

这边，他轻轻放下电话。

复仇不应该是最最痛快的事吗？手起刀落，才知空虚中还有空虚。

他一闭眼，便看到周昭躺在病床，一身白，小脸已变骷髅，虽是白骨，也比别的精致。

周太太与助手赶到医院，看到的也几乎是这样的周昭。

"人呢？"

看护掀开被褥，这才看见瘦小周昭微微转过头，叫声妈妈。

周琴过去握住女儿的手，她并没有戏剧化大哭大叫，只是低声答："妈妈在这里照顾你。"

周昭又闭上双目。

周琴与医生说话。

"——流产手术做得欠妥，受到感染，不得不做紧急切除，生命无碍，但是以后不能生育，不必气馁，真喜欢孩子的话，还是能依赖科技。"

周琴不语。

医生轻轻说："她不允透露男方是什么人，也不肯说出那庸医姓名。"

周琴一点表情也无。

医生知道一个人经历极度哀伤，才会这样。

"更重要的是年轻的她心理需要辅导。"

周琴点头。

那边，孙律师到周昭住所一看，吓得呆住。

半张床是血，已经凝固氧化，成为诡异铁锈色，房间像谋杀案现场。

孙竹连忙唤人清理，把全屋家具搬走扔掉，地毯也换过，一个下午办妥。

保姆回来，见洋人大汉正好完工。

"谢谢你，孙律师。"

孙竹这样说："有钱可使鬼推磨。"

接着，助手租了司机和车子，往酒店办理各人入住手续。

保姆做了鸡粥，提着到医院。

出乎意料，尚在打点滴的周昭吃了很多，并且说："死而复生得好好做人。"她且用耳机听音乐，像个没事人。

心理医生看着，担心得脸黄。

看护低声说："也许，病人已决定再世为人。"

"我也希望可以。"

不久，周昭同学前来探访，带着气球鲜花，像庆祝生日，戴着口罩，也叽喳不停。

周琴知道她已永久失去这个女儿。

孙竹低声说："他们迟早一定会走，待分身家之际才回转。"

"她可是一字不提？"

"提来做甚？"

"对方是什么人？"

"知来做甚？"

周琴长长叹息："是我没把女儿看好。"

"刚相反，你把大小姐看得太好，什么都已经过去的事，无可挽回，向前走要紧。"

"有无好命的女子？"

"没有。"

她们回酒店梳洗。

周琴这才抽空找王抑扬，电话却没人接，找到公司老总管，"小王与周昆出去办事。"

再找比比，"这两天二人像孪生子般进出，蔚为奇观。"

"干什么？"

"我问一问也许知道，容后报告。"

周琴放下电话，脚步虚空，魂离肉身。

孙竹陪她进食。

她低声说:"子女来到世上,是为父母减寿的吧。"

孙竹想拍手,但忍住说:"这周打鱼汤做得不错。"

"等周昭出院我才回家。"

"那恐怕还要几天。"

"问王抑扬可愿过来。"

"我想有他看着周昆也是好事。"

周琴忽然问:"我与王抑扬的事,你都知道吧?"

孙竹只说:"你升他做助手,我也同意。"

律师就是律师。

周琴站起,脚步踉跄,老了,抑或,因为王抑扬不在身边。

服过药,睡得沉,醒转,套房另一头的孙竹已起来打点细节,她抓着电话沉声给指示。

身段纤细的她十分能干,新女性佼佼者,她做出选择,全神贯注,努力工作,不必费神应付冶游丈夫,忤逆子女。

"醒了?"

"真想一眠不起。"

"不可这样颓丧，抬起头，兵来将挡，水来土掩。"

周琴苦涩，双手捧着头，仿佛要出力才托得住。

"大小姐精神好过预期，保姆寸步不离，过几日你可顺道看周昵。"

"我已没有精神。"

"来，有一整天需要应付，喝这个，五小时清醒，胜十杯咖啡。"

一人一小瓶，再加营养奶，孙竹与周琴出门，先到小公寓，一看，所有与噩梦有关的杂物消失无踪，周琴放心跌坐："谢谢你，孙律师。"

她们与周昭谈过，她不想搬家，该住址最近学校，她仍继续学业？是。"毕业后我会往欧洲观光，请勿派跟班。"

出院那日，有男同学抱着她上车。

她母亲无言，当日下午便乘飞机回家。

长途飞机上听见后座两姐妹聊天："是呀，想你我因家境欠佳没读好书，十多岁出来走公海，人人看不起，被视为虚荣掘金女，今日只希望女儿光荣受大学洗礼——"

周琴真想凭经验说一句儿孙自有儿孙福，她饿极累极，但是吃不下睡不着，她不是一个有福之人。

到家了。

助手一早知会比比带着司机用人来接。

比比看到老板娘已经瘦了一圈，有要事也不忍开口，迟疑着吞吐。

回到周宅，等周琴梳洗小息，吃过点心。

周琴说："你还不回公司？"

比比逼不得已，轻轻说了两句。

周琴吁出一口气，她心已死，只问："挪了多少？"

比比说一个数目："他分三张支票提走。"

"都用到什么地方？"

"没说，银行方面起疑，要周琴女士亲自证明支票上签名是真迹。"

"替我发一封电邮到银行。"

"已经草拟妥当，你过目签字便可。"

"叫周昆回家，我有话说。"

"他就在楼上，没出去。"

一家人在屋内，竟不知道。

周昆在门外叫一声妈妈。

周琴叫他坐下："周昆，几岁了你？"

"二十四。"

"应当找工作搬出独立。"

"你派我在公司学习。"

"还喜欢吧，抽屉里都是现成的支票簿子，窃取冒签一下，不用开口也有零钱花。"

"母亲，你没放下零用就走开。"

"还是我的不对呢？"

"我没那样说。"

"我会知会老总管每月给你加例钿，你自此不必回公司，大可找一份喜欢的工作，搬出去住。"

"母亲，我是长子，你不可逐我走。"

周琴心意已决："周昆，周宅由我当家，我说了是。"

"我去找父亲。"

她站起："你找谁我管不着。"

比比吃惊，但不好说话。

周昆下不了台，一声不响，拉开门离开周宅。

周琴转头问："王抑扬呢？"

"他在公司。"

"叫他来一次。"

比比打完电话。"周太太，他说他正忙，有话最好在公司说。"

"你陪我回去。"

"周太太，请容我说几句，你在气头上，不如休息片刻，待他下班。"

周琴苦涩："他听你话？"

"大家是同事，我想，他也不知周昆的事，他们在一起不过喝杯啤酒之类。"

不错，一个中年女子心急慌忙脸红耳赤不顾身份四处理论实在不像话。

忍无可忍，在心上插一刀也得忍下去。

周琴双手簌簌抖："你说得对，我且睡一觉。"

比比松口气："我在会客室。"

"这上下周先生又在何处？"

"仿佛在韩国济州。"

"好，好。"

她走进卧室，自梳妆台抽屉取出酒瓶，对着瓶口喝两口，倒床上。

她哑然失声，电影与小说里怨妇就是这样，喝醉，倒床上，向天花板哭诉，完了还要呕吐得一天一地，像丑陋小丑。

她挣扎起床，不，不可以如此。

不可丢人现眼。

她换上泳衣，自侧门下楼到后园，园工看到她意外："太太，要游泳？我立即准备。"

女佣马上做好冰茶捧着大毛巾浴衣侍候，不一会儿按摩师也来了，在亭子准备工具。

游了两个塘，大力深呼吸，周琴仿佛好过些，但仍然乏力，不能自池里爬起，忽然有强力双手自腋下把她托到池边，罩上毛巾。

那正是王抑扬。

他轻轻说："你看你像示巴女王。"

他来了。

比比走近："我叫助手回去替他，周太太，我也想游半小时。"

"请便，按摩师也是你的。"

比比总算露出笑容。

王抑扬斟杯冰茶一口气喝光。

周琴细细打量他，头发与周昆一样剪平头，不知在什么地方晒成金棕，浓眉下神情沉着，他轻轻说："一早已知道不是爱情。"

这样没头没尾一句，周琴却听得懂，她自卑到不能出声。

完全是她的错，这样急急召他，忘却礼貌上二十四小时通知，太过心慌意乱。

她只得轻轻说："见到你高兴。"

王抑扬答："高兴就好。"

泳池水花飞扬，比比开心大笑。

周琴说："我没有误会。"

"周昭尚可？"

"她有她的世界。"

"周昵功课可追得上？"

"真奇怪可是，竟无聊地把她们的功课背自己肩上。"

王抑扬问："找我，说这些？"

"抑扬，你语气变了。"

"说好不会挑剔我。"

这时周琴诧异，不见数日，王抑扬口气竟像周昆。

她警惕："有什么不满？"

"皇阿玛，周昆朝我诉苦。"

"一早说好，这些都与你无关。"

王抑扬站起："大家都误会你没有脾气。"

"抑扬，你不是也要走吧。"

"走，我从未来过，怎么走？"

"你闹意气？"

"你也误会我是没有脾气的人。"

"你代周昆不值？他与你无关。"

"说好我与你永不争吵。"

周琴也站起："一点不错，你有气，等下再说。"

王抑扬一声不响离去。

比比连忙上泳池："这是怎么一回事？"

周琴如此答："男人总想钳制女性。"

比比忍不住加一句："女子也想克制男性。"

"你不想在周氏做了？"

"周太太，我自一八一二年起就没升级。"

周琴沉吟："人事是需要调动，我先允你掌管一个部门，你要做公关还是营业？"

比比大喜，穿着泳衣头发滴水谈公事，还是头一遭。

"我做开拓部，王抑扬任副手。"

"抑扬有情绪。"

"我也有，我自问管得住他。"

"讨教，怎么管？"

"当他七岁，他人还未走近，我先点头，对他说：'好，好，好。'"

"真是鬼灵精，公司要大调动，以前家父老派，经理已是了不起职位，现在可要重新命名总裁、副总裁、亚洲总裁，接线生叫全球联络总裁？"

比比见周琴愿说话了，高兴地答："我即刻回公司筹划。"

"任何人都可以得罪，除出老总管。"

"是，明白。"

回到卧室，周琴的脸拉下，五官颓得就像一个劳碌中年妇女，她连喝两口白兰地，结果还是倒床上昏睡，梦中一直哭，却没有眼泪。

迷糊看到自己还是一两岁小孩，刚会走路，舞动双拳咚咚朝大人走近，一边哈哈笑，耳边听见母亲蹲着说："这里，妹头，这里。"

周琴惊醒，啊，差些忘记，她也曾经是婴儿，也懂欢笑。

渐渐笑不出，是因为每个走近她的人，都有着目的，有个企图，叫她疲于奔命。

第二天，周琴先往美容院做头发化妆，然后才回公司。

会议室只有三人，老总管、原来的助手与比比。

"抑扬呢?"

老总管说："他今早向我辞职。"

周琴说："且别理他。"

比比与老总管通宵做了一份升降除职名单。

老总管说："我要告老回乡，助手坐我位置。"

周琴答："不准，这是趁我病取我命，不是你性格，要什么，尽管说。"

"放三个月大假。"

"三个星期，实时批准，回来你是副董事，公司分百分之三股份给你。"

助手打铁趁热："我们呢？"

"百分之一。"

这已不是小数目，大家松口气。

不知怎的，讲完这几句话，周琴已经说不出地疲倦。

比比忙着人送进雪耳炖木瓜："周太太，请尝尝。我学着做，不知可合口味？"

助手笑："马屁精。"

比比面不改色："哈，奉承老板，天经地义。"

老总管自然也有，讨得她欢喜微笑。

她说："幸亏公司有这班年轻懂事孩子，生活才不致孤苦。"

所以不愿退休。

"请努力巩固旧合同，开拓新合约。"

"同事年中加薪多少？"

"百分之七吧，年尾再加五个百分点，已相当好看。"

"散会。"

周琴站起，现在她是皇阿玛了，一言堂，为什么不见丝毫欢愉？

老总管有话要说："周太太——"

"还不去放假？"

老总管实时答："是，我去游北冰洋。"

她也满怀心事，不见一丝高兴。

年纪大了就会这样，再开心的事也不觉兴奋。

周琴坐进总裁室，把前夫留下的林林总总杂物全叫人拎出扔掉，其中包括若干西服衬衫领带，与妻子儿女合摄幸福家庭照片，他的汽车与运动杂志……

周琴怕看到不堪之物，抽屉全一倾而空。

"周太太，有金笔及宝石袖纽扣等。"

"谁喜欢可拣去用。"

她挑一张重造的大桌子，把前夫红木书台让给老总管。

新人事新作风。

接着一个星期，公司忙得不可开交，但是，却不见周昆与王抑扬。

周琴轻轻问比比："人在何处？"

"周昆到会计部领零用，听他说，他们一队人到大石泳滩天体泳，不知多高兴，附近居民报警，他们一干人嘻哈奔跑，兴奋地游往游艇登上脱险，不知多开心，他晒得像黑人。"

"王抑扬也在一起？"

"周昆说由他带头。"

"他几时回公司？"

"给他一些时间。"

"办公室都已装修妥。"

"知道。"

下午，周琴做了件无论如何不应该做的事。

她终于按捺不住，未经通知，去找王抑扬。

走近公寓，她感慨物是人非，从前来探访的甜蜜之意已消失无踪。

在门外踌躇一下，她想转头离去，回头是岸。

但合该有事，这时，门一开，王抑扬拎着垃圾袋出来，看到她一怔，随即平淡地说："我也正想知会你，我今日搬出。"

会有如此凑巧之事。

她佯装不经意："那得给你找更合适的宿舍。"

她仍不肯承认这种随时会结束的关系此时此刻已经结束。

她自顾自走进公寓。

刚巧有个人自房内走出。

周琴这一惊非同小可，她噔噔噔退后三步。

不，自房间走出的不是什么艳女，而是周昆。

周琴用手掩胸："你一直住在这里？"

周昆脸不红，气不急："母亲大概希望我睡天桥底呢。"

他换好衣服，要出门。

王抑扬拉住他，走近，放一些东西进他口袋，轻声说："等我。"

他的额角碰到周昆额角，鼻尖对鼻尖。

周琴浑身汗毛竖起。

眼看着周昆离去。

周琴全身血液自脚底漏走。

她坐倒在椅子上。

"呵，还有一件东西，请你着人拿走。"

王抑扬打开储物室门，周琴看到那只大提琴。

她闭气，片刻才尖叫："是你！"

"这是一件极之名贵乐器，可见你是多么疼爱周昭，理应物归原主。"

周琴瞪大眼只会喘气，她腰间像是被利刃插了一刀，直深没柄，不觉痛，但渐渐气弱。

"为什么？"她挣扎着问。

王抑扬斟一杯酒，放到她手中，让她握紧酒杯。

"我一早就告诉过你，你没留心听。"

"你不再是王抑扬。"

"不，同一个人，同一张嘴脸，只不过你要听的，只是想听见的话。"

这时，他的眉毛轻微一扬，眼睛眯一眯，嘴角牵动，正是一直最叫她欢欣的表情，但此时此刻王抑扬看上去像狰狞魔鬼。

"为什么？"

王抑扬端过椅子，坐她对面："因为你一见我就喜欢。"

周琴嘶叫："你是什么人？"

"不是已经告诉你，我是一个孤儿，父亲丢下我们母子三人失踪，我们相依为命，挨到以为出头，谁知姐姐意外身亡。"

"那与我们周家有何干系，为何不放过我们？"

"啊，周太太，大有关系，我的大姐，她叫王悠扬，你恐怕是不记得了。"

"谁？"

"周太太，她是一个十分愚昧的女子，在周氏工作，受到上司诱惑，以为可以得到感情与生活保障，竟打算与周氏订婚约，这件事当然瞒不过你。"

他取出照片放周琴面前。

周琴面部肌肉不受控制地颤抖抽搐，呼吸重浊。

"我知道你见过悠扬，你一如过往愿付大额数字，请她从头开始好好过日子，但是悠扬猪油蒙心，她说她不是要挟，没有企图，只想听社会说句公道话，叫你动火。"

周琴一直拿着酒杯，这时，喝一大口。

她伸手抹去嘴角涎沫，忽然镇定。

再喝一大口酒，已可沙哑发话："你想怎样？"

王抑扬不答，他说："我走入周宅，身份是补习老师，因为周昵数学科微积分不及格，记得吗？"

"你想怎样？"

"报复这件事，是魔障，越向前进，越是起劲，一发不可收拾，终于，自身所有时间精力都赔进去，一心一意，变成嗜血怪兽，那就是我。"

周琴只会喘气。

"告诉我，悠扬死亡，是意外，自杀，抑或他杀？"

周琴吐出真言："她要得到社会支持。"

"真正愚不可及，社会有何公义，听到再骇人的惨剧，不过啧啧称奇，议论纷纷，三两日过去，茶余饭后，又说别的新闻，你何必置一个弱女子于死地？"

"不是我。"

"我开头也以为是周氏，渐渐认识你家，醒觉到周氏根本不在乎，那是你，处置英国人琼斯的也是你，你最恨勒索。"

"王抑扬，你喝多了。"

周琴想离开公寓，但是双腿怎么都使不出劲。

她瞪眼看着王抑扬站起。

她以为他要对付她，但是没有，王只是叹息："至今我耳边有时还听到悠扬银铃般笑声。"

他打开门，离去。

不知过多久，周琴才站起，踉跄逃到楼下，致电助手："救我。"

"周太太，你在何处，我立即来。"

周琴坐在人行道边蜷缩成一堆。

助手把她载到诊所。

凌医生一见老主顾，吓一跳，立刻扶她躺下，替她注射，再为她拭去大花脸似的化妆，粉底下是蜡黄肌肤，眼皮青肿，嘴唇灰白，松弛脸皮垂在耳旁，不忍目睹。

周琴一直喘息，终于昏睡。

"似受到极大惊吓，她子女无恙？"

"从未见过那样忤逆的孩子。"

凌医生微笑："你呢，多久没回家吃饭？"

助手尴尬："我回公司，可要叫女同事做伴？"

"这里有我，随时联络。"

半晌周琴醒转，一时不知身在何处，医生替她敷营养液，做按摩，嘱她休息："留得青山在。"

周琴渐渐想起，要起床，腕上带着点滴，挣不脱，医生把她按下。

凌医生说："救火救水都轮不到你。"

周琴抓着凌医生的手："不是我。"

"嘘，嘘。"

傍晚，比比与女佣来接。

她看到老板娘，暗暗吃惊，想伸手去扶，周琴不知何处来的气力，自身站立，步步走向车子。

她吩咐比比："不要动辄离开岗位。"

比比只得回公司。

助手追上："这份工作不好做。"

"她刚刚离婚。"

"周先生也刚刚离婚。"

"所以说，做男人真好。"

"不是周先生的缘故吧。"

"那是因为谁？"

"我猜也不是子女。"

"别乱猜度。"

"王抑扬呢？周太太无时无刻不挂念他。"

"不是因为王抑扬吧，他只是个小子，给我都嫌烦。"

"你不是中年妇女。"

"快了，想到许有一日，可能会为没心没肝没脑的漂亮绣花枕头迷晕，认真心惊肉跳。"

"你别怕，你不会。"

"何解？"

"你也没有灵魂。"

"去你的。"

事不关己，己不劳心，两人继续工作。

他们凌晨还在公司，工人送报纸进来。

社交版报道周氏夫妇分手消息，小小一段，并不夸张，亦无照片。

助手说："是你派人关照过吧。"

"略尽绵力。"

这时手提电话响，她接听："咦，抑扬，你在何处？警署！要人签保？我马上来。"

助手听到对话，忍无可忍，按住她："别去理他，这小子专门添乱，我们不欠他。"

比比实时训斥："你知道什么，他与周太太关系非同小可，今日吵架，明日讲和，得罪他有什么好处。"

"马屁精。"

"以往你跟着周先生，还不是天天做亏心事。"

那助手立刻噤声。

比比快手开抽屉取现钞。

"犯什么事？"

"与朋友赤裸夜泳，妨碍公众秩序。"

那助手忍不住大笑，声震屋瓦。

去到警署，交出保证金，拘留所门打开。

王抑扬一声不响走出。

比比没好气："你有完没完？"

"谢谢你。"

"你这会子又想往何处？"

"请暂时收留我。"

"你是周太太的人，我还要避嫌呢。"

"我到你家去清洗一下即走。"

"为何不往酒店？"

"我喜欢你。"

比比无奈，把门匙与地址给他："别胡搞。"

一直送他到门口，又问："王抑扬，你对女性无论要求什么，想必自出娘胎就无往而不利。"

"李女士你太过褒奖。"

她看着他上楼。

回到公司，恰是上班时分，一日一夜未睡，她照样精神奕奕，完全看不出来。

意想不到的是周琴也在公司出现。

她正吩咐助手找周昆。

助手愁眉苦脸："都找过了，熟地方熟朋友处都没见，我已出动私家侦探。"

"王抑扬呢？"

比比立刻上前报告："我有抑扬下落，他被警署扣留十多小时——"

周琴小心听着，忽然啊呀一声。

比比一怔。

"人证，他要可靠人证！"

比比还不明白，那助手却喊出："不在场证据！"

"什么？"

总裁室忽然静寂，掉一根针都听得见。

比比知道事情非比寻常，咚咚咚奔出找老总管。

幸亏电话接通，"你在何处，快回公司。"

"北冰洋，回不来。"

"老祖宗，请别开玩笑，周昆失踪，遍寻不获，恐怕有危险。"

"周昆已是成年人——"

"现在不是说大道理的时间。"

"有一家小旅馆，他时常叫我写支票付账——"

"你回来好不好？"

老总管听出比比声音中埋怨之意："我这就出门。"

老总管赶回公司，翻阅账单："这里。"

比比抢过单子，看到地址："你跟我一起。"

伸手强把老总管拉走。

"你你你——"

"你欠周家这个人情。"

周琴追出："你们可是有周昆下落？"

没有东西绊她，她也一跤摔在地，爬不起，众同事连忙扶住她。

老总管撇下一句："等消息。"

周琴声嘶力竭："不要报警。"

这种时候，她已预知不祥，还死要面子。

司机加速驶到近郊小旅馆，车子没停住，比比已经推开门跳下。

这是一座优雅小别墅，二十世纪二十年代装修艺术建筑，是幽会好地方。

比比走进，到接待所，取出周昆照片及一张大钞递上："这个人可住在这里？"

接待员看一看，收下钞票："昨日傍晚入住，一直没有出来，刚要收拾房间，你可跟进一看。"

女侍过来，带比比与老总管走上二楼。

老总管松口气："找到了。"

女侍敲门。

无人应，比比又派红包："请开门。"

门一打开，房内阴暗，冷气开得十足，却掩不住一股腐霉之气。

比比眼尖："周昆！"

他半躺在椅子上，双目反白，口吐白沫。

比比大叫："报警，叫救护车，快——"

老总管居然有勇气把周昆抬到地上平放，探他气息，"还有脉搏"，她为他施心肺复苏。

比比坐到地上，忽然痛哭。

旅馆工作人员及住客纷纷聚在门口，一式全是男性，救护人员赶到，立刻开始工作，一边给氧气，一边压胸。

比比号啕，老总管忽然用力扇她一记耳光。

比比脸上顿起红印，那阵炙痛却叫她冷静。

救护人员喝问："可有人跟车？"

"知会周太太。"

比比耳边嗡嗡声静止，她也没有听到其他声音，她用水淋湿头脸，跟上救护车，与周琴通话："找到周昆，他昏迷不醒，送院途中。"

转过头去看这个浪荡子，此刻只得一根金色极细游丝把他悬吊在人间，这是希腊神话中故事，然后，命运巫神走近，提起剪子，轻轻裁下，他便自人间坠失。

比比握住周昆冰冷的手。

车上看护拉开病人衬衫，看到内衫，不禁一怔，那是件淡粉红薄薄女士丝亵衣，也顾不得那么多，立刻叫"让开"，用电震器协助心脏重新跳动。

比比已知周昆即使救回，已不能复苏。

她呆呆看着窗外，路上各种车辆都停在一旁让呜呜救护车先过。

这是怎么发生的，周昆为何到今日才出此策？

他曾对比比说："开头，他们以为我参加学校戏剧组是爱好文艺，但同学随即发觉我是最佳朱丽叶。

"你可知道，十六世纪剧院没有女演员，往往由少男扮演少女，莎剧里甚多女主角扮男子的设计，于是由男人扮女人再扮男人，可笑之至，哈哈哈。

"到了十五岁，去看生理及心理医生，医生已说这不是一种病，无从医治，恳请亲人接受及谅解。

"父亲索性装作什么也没有发生过，一字不提，但看得出已放弃我这长子，他另外有感情寄托。

"母亲不再正眼看我，这能叫接受吗？她一定想，一个十全十美家庭，忽然长出不住流血流脓的毒瘤，多么可怕。"

但，周宅一直忍耐，渐渐，大家都习惯看不见他们不愿看到的事实。

到了十八岁，周昆被送往英国。

他实在高兴了一阵子，伦敦，王尔德曾在监狱服了两年刑的地方。

但是不久他发觉，像全世界所有去处一样，无论男女，都难以找到真心。

他流落在充满伪文艺气息自生自灭的环境里，家里慷慨经济支持，也不能使他逃避罪恶都会最丑陋的一角。

——等我。

周昆到小旅馆等王抑扬回心转意。

午夜，他还没有来。

有人敲门，他开启，陌生面孔。

"我在等人。"

"可要先过来喝一杯？"

喝了一杯又一杯，还是不见人。

莫非失约？用电话找了无人回复。

回到自己房间，脱下外套，记起口袋里那一包东西。

他一看，不禁高兴，用具用品皆全。

他是熟手，用了起来。

苦闷不但没有消失，反而加重，想到王抑扬对他说："这件事，没有将来，没有结果。"他当时还嬉笑嘲弄："这世界有什么事有始有终？"他喜欢佯装这种潇洒不在乎，像真的一样。

他已听不到救护车呜呜响。

终于静默。

周昆被迅速送进急症室。

老总管握住比比双手在外边等。

不一会儿，周琴与助手赶到，警察轻声问话。

周琴这样说："不是意外，不是自杀，有凶手。"

众人不出声。

比比随警方到自己公寓，打开门，看到王抑扬赤裸着在沙发上酣睡。

叫醒他，他清晰地回答问题。

过去三十多小时，他每分钟都有时间证人，他在警方拘留所度过。

警员说声"打扰"离去。

王抑扬并没有假装要去看周昆。

二十四小时后，医生宣布周昆即使存活，因缺氧脑部已无法正常运作。

那意思是，周昆是个植物人。

周琴每日到周昆病榻旁站一会儿。

他容貌仍然俊秀，有时会得微笑，像是已在另一世界的灵魂想到什么有趣的事。

他不会说话，当然也不再抱怨，会走路，但多数坐轮椅，握他手，他会抓紧，头歪一边，不胜负荷。

还有，什么人都不认得，亦无敌意。

周氏来看过他一次，不发一言，坐在他身边，希望儿子会问他：你是谁，这样面熟，你与我什么关系？

不过没有，周昆借管子呼吸进食，医生说，他这样，说不定还可以拖到八十岁。

周氏呆呆坐着，他自问好色，不明何以遗传他百分之五十因子的长子会与他截然相反，他根本不认得这个孩子。

周琴缓缓走进，朝他颔首。

周氏忽然说一句真心话："辛苦你了。"

周琴不出声。

周氏以为前妻接受他这不像道歉的道歉，自皮夹子取出一帧照片，给周琴看。

周琴目光空洞。

周氏解释："我现任妻子及孩子。"

周琴还是一震，照片里一个异常秀美的少妇抱着一对穿韩国古服的孩子，已有两三岁大，粉妆玉琢，人见人爱。

"他们姓区，我已恢复本来姓氏。"

周琴这样说："这些年来，委屈了你。"

她站起，却跌落地上，失去知觉，看护抢进急救。

周氏，或区氏，从此没有再出现。

微积分

伍·

他一把抱起年轻的妻子。

在地球另一边，

天气恶劣，天空暗如黄昏，

雷声隆隆，电光霍霍，震人心弦。

孙律师气急败坏，激动得拍台拍凳。

"一家人就这样散开。"

老总管好不到什么地方去，频频叹息："我自周氏开门做起，说起周先生亦有苦劳，我们二人曾呆等在夜总会外两小时为求一纸合约，何等辛酸。"

比比垂头："只有伙计记得。"

老总管说："真没想到他另外有一个家。"

孙律师答："男人，总是蠢蠢不安。"

那助手推门进来："你们几位女士说些什么，总是把我关在门外。"

"我们在说，周氏公司不知由谁承继。"

"冰冻三尺，非一日之寒，由老臣子撑着，等周昵长大。"

"谁？"

"小宝。"

"那淘气女怎愿静静坐写字楼打点杂务，除非猪会飞。"

"周氏人人心散，一早已有败象，否则，王抑扬怎可乘虚而入。"

"周太太只剩下一个壳子，靠药物撑着。"

"王抑扬究竟去了何处？"

只有老总管可以作答："他加入太平洋海豹救护团。"

"那是加拿大沿岸？"

"好似是一个叫夏洛特皇后群岛的地方。"

"这小伙子真奇怪，开头每个人都喜欢他，到后来，每个人都怕他。"

比比说："他可逍遥？"

"并不，"老总管说，"如果他一日不释放自身，一日活在地狱。"

"他有什么可怕包袱？"

"他一直认定周氏前头女伴，即他亲姐，死因有可疑。"

孙律师答："都会里这种悲剧可谓天天有，昨日报上刊登可怕新闻，妙龄二十二岁女子留下字条'不开心'，跳楼，身首异处，头颅滚跌在十英尺以外，警方需要用两块蓝布遮掩。"

"王抑扬总不能放低。"

"你看，平时脆弱得如一支白玉簪的周昭遭遇突变却没有摔成两截，她在欧陆乐不可支，每封电邮开始均是'请汇款——'。"

"她快乐否？"

"可别过早告诉她，世上并无快乐这件事，她与一个长发长须的西方青年打得火热，白天在街头卖艺，夜宿小酒店，不枉少年时。"

"将来怎么办？"

"有孙律师看管的周氏基金。"

"有日会倒台。"

"你真悲观，社会上不少公子千金终生如此富庶无忧生活，说不定你是妒忌。"

"她们可有回来看周昆？"

没有。

周昭收到保姆电讯，看一眼，关掉电话，不回复，三次，四次，都没有回复。

保姆并非气愤，也不是激动，只是悲哀。

这样亲手无微不至照顾长大的女孩，她不会痴心误认周昭是自己人，但如此对待老保姆，也委实过分。

周昭存心与家里脱离关系。

除出金钱，她照例嘱老总管汇款，老总管不予受理，三两次之后，周昭声音传来。

"大小姐，你好，别来无恙。"

"总管，你只是管着我的零用，你无权扣押。"

"大小姐，你的月例早已支空，这是本月第三次额外要求。"

"无须听你教诲。"

"那我不说了。"

"我母亲呢？"

"在家休息，你可以找她。"

"我需要钱结账。"

"周昭，你大哥病重，你何不回来探访？你虽不是医生，但对你母亲有精神支持。"

"这笔款子不到，我与朋友都会成为街角乞丐。"

"款子已经汇至你指定银行，出示身份证明，即可领取。"

电话立刻切断。

这还是怯生生、声小小的周昭吗？

比老总管更吃惊的是当地银行职员。

一个做哥特式打扮的年轻亚裔女子出示护照，要求提款。

护照里的清丽女子相片根本不似他面前的人。

站在柜台的女子画大黑眼圈，穿鼻环，头发打着无数像非洲土著般的球结，身穿一条肮脏淡蓝裙子，裙下是破烂渔网袜与一双军靴。

银行其他客户也注目。

职员连忙知会上司。

经理出来一看，用手机拍摄，到一角联络汇款人。

"请问这可是收款者？"

老总管看到传真影像倒抽一口冷气，她认得那条裙子，她也熟悉浓妆底下那小脸。

她说："是，她是周昭。"

得到证明，银行即刻把现款数给邋遢少女。

周昭把钞票放入一只旧包包，外边有等她的朋友，拖着手一起离去。

地球这一头，老总管握着银行传来的照片流泪。

比比在公司这么久，还没见过老总管如此动容。

她接过照片看到，开头认不出，电光石火间叫："周昭！"再也不能言语。

两人坐着好一会儿不出声。

"周昵可回来过暑假？"

"暑假早已过去，此刻早晚已有凉意，这是周昵那所尼姑学校寄来的成绩表，校长建议她考伦敦经济学院。"

"什么？"

"周昵成绩斐然，也愿意与家人联络，每次都问：'王老师可好？'"

"王抑扬怎么看都不似坏人。"

"那么，所有不幸均唯人自招。"

"我相信是。"

"这社会越来越缺少同情心。"

"周昵可愿回来?"

"小宝坦白,她不愿见到支离破碎家散人亡之悲惨模样,寄情功课。"

"我想去看她。"

"比比,你难得有假,找英伟男伴往波拉波拉[1]吧。"

比比垂头。

抽到时间,她还是找到周昵学校去。

近郊文艺复兴建筑,原先是世袭地主庄园,树影婆娑,开始落叶,比比认得是橡树。

虽然预先通报,周昵仍觉陌生,一年在英,她已不太认得这位李小姐。

比比看到周昵也一怔,小宝斯文多了,脸上婴儿肥渐退,此刻周昵有点像当年的周昭。

什么当年,比比失笑,不过是年余之前的事,但,啊,

---

[1] 即太平洋东南部社会群岛岛屿。

对一个少女来说，那段时间可以变好几变。

"有什么话可以对我说？"

谁都不问："王老师近况如何？"

"你不必替他担心。"

"他还在周氏工作否？他已注销旧电话。"

"周昵，你大哥病重。"

周昵这才说起家人："他已是植物人。"

"你愿意回家陪伴母亲否？"

"我有功课需要完成。"

"将来，你也得回周氏服务。"

"不一定啊。"

"到底是一家人。"

"不是我的责任，来，我陪你参观这所学校。"

"周昵——"

"见到王老师，将我近况告诉他，我很想念他。"

这时，不远会堂传出晚祷之声。

周昵忽然这样说："我最喜听她们吟唱，好像那咏叹中种种苦楚，真的可以传到天庭，而上主了解，会叫人类早日解脱。"

比比不知说什么才好。

她离开学校，到伦敦市区，受同事之托走进老牌名店波勃莉[1]，挑了十只手袋，回到街外，恍如隔世。

如此苦难没有欢笑的日子，竟然挨到冬季。

欧陆已下雪，周昭转往北美洲南部佛罗里达及加利福尼亚州，老总管继续汇款，要不，更加不知周昭下落。

一日，周昭忽然对老总管说："我结婚了。"

出示右手无名指，那是一枚汽水罐的拉扣，权充婚戒，身边一个笑嘻嘻小胡髭，居然还是原先那个。"我们在夏威夷大岛定居，地址如下。"

小胡髭牙齿雪白整齐，可见也是好出身，两人在一起欢喜就好。

老总管没把消息告诉周琴。

她的情绪异常。

深夜，有司机看到女子身影在公路上忽隐忽现，忽明

---

[1] 即 Burberry，博柏利。

忽暗，众口一词，终于报警。

警务人员在公路某点扎守，不到几夜，果然见一飘忽白衣女子，在路边徘徊，警员大着胆子，下车查询，一看女子脚跟有影子，放下一半心，再看她脸容整齐，只是神情呆滞，知道她是人类。

"女士，往何处？"

她这样回答："随处走。"

"公路车辆繁忙，不是散步好地方，我们送你回家。"

女子点点头。

"你出来多久了，家人会担心。"

她茫然答："出来二十多年了，我也想回家。"

女警把她送到大宅门口，女佣出来开门，惊骇不已，连忙迎进，知会老总管。

警务人员打量豪宅装潢，惊叹如此富贵，救不了女主人心绪。

这时女子忽然取来一张报纸，指着一段新闻："各位警官，这便是我女儿，她叫周昭，已经没有救了。"

女警低头看报纸，那是一则两日前的新闻："富家女自十七楼跃下，香消玉殒。"

警务人员面面相觑。

总管赶到，向制服人员解释。

"情绪病需及早医治，切勿掉以轻心。"

他们离去。

到了早晨，周琴又是另外一个人，在药物帮助下，照样回公司主理事务。

她面孔浮肿，说实话，已不是周氏公司年刊上董事总经理照片那模样。

比比忍不住问："为什么人类的青春期只有三五七年，老年期却长达半个世纪？"

不但尤人，而且怨天。

公司生意额并不比过往少，但支出也实在不低。

一日下午闲谈，比比说："华人爱吃水果，加拿大卑诗省[1]过去一年输华四千吨樱桃——"

主管指出："华人也喜海鲜，阿拉斯加大蟹、带子、大

---

[1]　即不列颠哥伦比亚省，隶属加拿大，又称加拿大 BC 省。

虾全部告急，超级市场缺货。"

"那种登基思肉蟹的确美味。"

"全世界都在进一步开拓华裔生意。"

"我们做干货——"

"下次开会看可否引进新牌子。"

"已经无孔不入——"

活着的人照样还得活下去。

周昆转到疗养院治疗，两班年轻漂亮看护照顾起居，其中一个叫安妮的读小说给他听，她轻悄的声音，叫周琴听着舒服。

她找凌医生："我想把皮子拉一拉。"

"待情绪好些再做。"

"你们巴不得我进疯人院。"

"人心当狗肺。"

"眼角、额头、两腮。"

"我给你看手术前后模拟图。"

"不要痛。"

"你定个黄道吉日。"

周琴打开私人电脑上的约会日历。

"这是我五十岁生日。"

"也是时候大修了。"

"怎么会活到这岁数?"

"我的客人都这么说。"

周琴离开医务所。

凌医生对助手说:"周女士一张脸最好看的是眼睛与鼻子,此刻都松弛。"

"医生你妙手回春。"

凌医生叹口气:"反正大家已忘却过去的青春容颜,略回复三成,已经收货。"

比比一直陪在周琴身边。

手术并不简单,一共做了四小时。

自手术室推出,周琴仍然昏迷不醒,整个头用纱布包扎,似木乃伊,可见部分淤紫,凌医生说:"任何手术都是手术,都存在危险。"

看护与比比一直驻守。

周琴缓缓醒转,"痛吗?""不觉。"

尚未完全复原，她就到公司办公。

同事看到架大墨镜的她一日比一日恢复，啧啧称奇。

"巧夺天工""足足后生十年""一点针痕看不出""我脸上这颗痣也想除下"。

外边的女士们也听闻消息，凌医生医务所轮候日期排到明春。

唯有老总管与比比不动心。

老总管说："你看周太太每天要服食多少止痛剂，那是会上瘾的鸦片类可待因。"

忽有同事进来问："你们人脉广，可有英国文学补习老师？"

老总管微笑："谁家学生要读乔叟？"

"不过是莎士比亚，已经头痛，十句只明一句。"

"学生多大年纪？"

"十六，男孩，所以特别难搞，不要穿短裙小背心的姐姐，也不想男子登堂入室。"

"聪明。"

比比不以为然："短裙小背心有何不妥？"

"你不是十六七八发育期男生，你不会明白。"

"剩下，只余老太太是人选。"

比比跳起："你看着我干什么？"

老总管猛然想起王抑扬也是补习老师，不由得变色。

同事连忙道歉："对不起，打扰。"退出。

"都会望子成龙综合征。"

"我少年时从未听过补习二字，功课一向自身应付，父母也不紧张。"

下午开会，比比看到周琴脸容恢复本色，她剪一个短发，回到从前秀丽模样，大家不胜欢喜安慰。

周琴这样说："比比，你的建议书极佳，认为周氏大可辟一网页中心，专售与少女有关一切事物，并同时教授有关处世之道，像爱情衣着美容瘦身升学之类，但——"

比比就知道一定有个"但"字。

"我年老体衰——"

众同事激动地反对这一说。

"——不想多事。"

众人叹息。

"不过，我可以支持你与手下兼职办这个网站，我投资金额，你投人力，以不妨碍周氏原来业务为要，我请孙律师与你们开会。"

比比跃起欢呼。

周琴深深吁出一口气。

老总管说："这网站需要好些人打理。"

"企业即冒险，无痛楚，无得益。"

"你当家，你说了算。"

傍晚周琴同凌医生说："现在是抽脂的时候了。"

"你已是瘦骨仙，哪儿有脂肪？"

"小腹有一坨，足足五磅，无论如何不走。"

"明年，明年可以做。"

"你不过是举手之劳。"

"周女士，我是挂牌西医，我有医德，你目前健康状况，不适宜再做手术。"

"你不做别人也会做。"

"周女士，这是一个朋友的忠告。"

"最后一次：做不做？"

"且休息一年。"

周琴拂袖而去。

都会什么都找得到。

同样资历规模的矫形医生愿意为周琴服务。

那年轻英俊的男医生笑时露酒窝："我刚帮家姐做抽脂，腰下一围圈，一共八百 CC，局部麻醉二十五分钟完工。"

周琴甚感欢欣。

"做后可回复二十四英寸腰围，即穿二号衣物。"

周琴要的就是这样。

凌医生知悉后动气，不再与她说话。

周琴终于又获得纤腰。

老总管啧啧称奇："整个人清秀不少。"

"酸痛得不能久坐。"

"你要当心药物反应，切勿过量。"

"我还有什么要当心的？"

"有西方男子在华文报征友，自称五十、健硕、专业人士，征活泼苗条三十至五十女友。"

周琴不禁微笑："那是一个六十岁的秃发胖子。"

下班两人结伴探访周昆。

轻轻说话："周昭结婚了，住夏威夷，家像农庄，养着力康鸡，每天吃新鲜蛋，两只猪有名字，叫'哼'与'哈'，小胡髭不介意做家务，好像可以过日子。"

周昆动也不动。

"周昵升学，没想到淘气女会专心于功课，她搬离宿舍入住没有热水的小公寓，两位公主，都乐于过公社生活，奈何。"

看护安妮忍不住微笑。

周琴拉住周昆的手搓摩良久。

老总管说："我送你回家。"

周琴答："我再坐一会儿。"

她离去之后，周琴对看护说："周昆曾签署器官捐赠卡。"

"是，院方保存着。"

"他说，可以用的全部捐出。"

"是。"

"我知道，拔管子一事还需我同意。"

看护不好出声。

周琴站起，放下周昆双手。

司机载她回家。

驶进屋子，周琴忽然说："后园亮着灯。"

司机留神："太太，我看不见亮光。"

"放我在后门下车。"

"太太，我没有后门门匙，我载你到正门。"

"明明有灯光。"

司机不敢再反驳，把车停前门，用人开门出来接，他才放心下班。

第二天起来，周琴自新置秋装中挑一件窄腰身薄大衣穿上，看牢镜子不动。

她这样对自己说：要起劲做人。

先到孙律师处。

孙竹看到她新模样新姿势，倒也衷心欢喜。

"你不反对我整形？"

孙竹说："样子漂亮，心情松爽，人生观都不一样。"

"我来做平安书。"

"我不擅长这一项，我替你介绍项律师。"

周琴喝一杯咖啡，项律师就到了。

她比孙竹略为年长几岁，风韵犹存，声音轻柔，十分可亲。

"几件事。"

"请说。"

"一、周氏公司平均分给周昭与周昵。"

助手开始记录。

"二、公司不可结束，按通胀增加她俩月例。"

"三、我所支持的慈善机构请继续拨款。"

"明白。"

"至于周昆，他的医护费用持续至我不在人间。"

"周琴，这件事容后谈。"

"你也看到，除非我这个母亲，无人探访，何必把他扔在一角吃苦，我辞世的话，嘱咐医生解除仪器。"

办公室内没有半丝声响。

孙竹咳嗽一下："周琴，你还需活四五十年。"

周琴答："是呀，我也这样想。"

项律师说："文字很简单，明日可签署。"

"周琴，你还有若干首饰及房产。"

周琴摊手："她们两姐妹都不稀罕，她们只要过她们选择的生活。"

"董事总经理一职呢？"

"给周昵吧，她商管经济系毕业成年后回来担任此职。"

"小宝！"

"只余她了，别无选择，周氏偌大家产无人要。"

项律师抬头，她只听说兄弟姐妹间趁父母尸骨未寒已经你争我夺闹上公堂，或是父母仍然在生强迫老人先分家财，从未遇到周氏例子：有事业无人承继。

周琴说："虽然周氏公司只不过中小型规模，唉——"

"不算小了。"

孙竹站起："周琴你还有半个世纪可以将周氏发扬光大。"

周琴婀娜站起。

电梯大堂，不少男子转头看秀丽时髦的她。

这解释了为什么女性美容行业是价值亿万万的企业。

周琴开始在社交场所出入。

报章杂志娱乐版写得十分促狭，形容中年女商家重操故业。

不过周宅电话忽然多起来，称她周小姐，送花、送糖，也有人上门接了周琴出去应酬。

周琴选择的男伴全比她年轻。

一定要眼睛会说话，笑容好看，不必多开口。

十多二十次的首次约会，都无下一趟兴趣，她转换方向，选择专业男青年。

但是，又太油滑了，举手投足，连假装诚意也无，虚伪，不耐烦，周琴很快放弃。

一日，在书房工作，听见司机训斥："都给我穿上外衫！"

她张望出去，看到车行精壮年轻男工深秋脱得剩汗衫背心操作。

那年轻人笑嘻嘻急急披上制服衬衫。

周琴也看到他那强壮背脊以及没有一丝赘肉的腰身。

年轻人也察觉有人看他，抬眼，有点尴尬，不忘淘气地向窗内人眨眨眼，忙他的去了。

周琴低头。

有感觉吗，不幸没有。

她出门回到公司。

比比桌上全是各式女性用品样板，已经吩咐人整理归类，还是满坑满谷。

看样子女性生活及购物网站正式轰轰烈烈开办。

老总管上前说："周昭想在巴黎置公寓。"

她母亲答："还活着吗，活着就好。"

"保姆想回来生活。"

"我也正需要她，这些日子，没有她似没了一条右臂。"

"那周昭身边就没有眼目了。"

"不怕，你有她音信。"

"那我实时知会保姆。"

只是比比面前放着一排小小细长粉红色罐头，从未见过，"这是什么？"

"嘿，你再也猜不到。"

周琴取起罐头："有名字。"只见印着"蔷薇泡沫"四字，"香水？"

"是最新产品葡萄汽酒，你尝尝，味道不错，每罐三安士，只含百分之一酒精。"

比比一拉罐开启，立刻闻到清香，斟出，极淡粉红色，讨人喜欢。

"由加拿大卑诗省内陆华人经营小型酒庄酿制，第一个与我们网站联络。"

周琴呷一口："嗯，甜美。"

"请喝这冰镇的一罐。"

三口喝光，回味无穷。

"所定售价只比啤酒贵百分之三十，已接订单。"

周琴又开一罐，干脆用吸管。

"已经找了美少女模特儿做宣传。"

"连我都喜欢。"

"我给你送几箱到家。"

那晚回家，即将到门口，周琴又同司机说："后园泳池边有灯光。"

司机只说："太太，天凉了多加件衣裳。"

黑漆漆，何来亮光。

保姆回来，司机多个人说话。

她说："也许，太太盼望亮光，我就给她开着灯。"

"太太精神如何？"

"看着，似没事一样，但心里掏空，每日只循例做些惯常的事，去到外边应酬，只呆呆坐着，幸亏，不出声的女子往往有种气质。"

"你呢，保姆？"

"这次回家真是皇恩大赦，在欧美净吃生冷蔬果肉类，真不惯，倒是让我学会英语会话。"

司机说："我的子女不知多想出去。"

"孩子们怪不可言，没什么想什么。"

"大人何尝不是。"

那一个晚上，开会到七八点，比比见周女士呆坐会客室，似等人，便走向前："见谁？我代你。"

周琴茫然抬头："我也要回家了。"

"我叫司机上来。"

"替我向心理医生取药。"

"医生劝你勿过量服用。"

"医生都那样说。"

走到街上，司机把车驶近。

周琴看到年轻男女正走向附近酒吧街，打扮得五彩缤纷，兴高采烈。

"什么事，庆祝什么？"

司机答："近圣诞及新年了。"

周琴这样说："他们不是快乐，他们只是年轻，他们也不是漂亮，他们只是年轻。"

司机把车驶走。

有一个年轻女子穿粉红色纱裙，手中挥舞一种叫滴滴金的烟花，亮晶晶一大串落下，惹得她嘻哈笑。

车子很快驶入黑暗近郊。

周琴不再说话，似盹着。

车子在门口停下，她下车入屋走回卧室。

脱下外套，看到泳池有光。

她推开窗户，冷空气透进，泳池波光粼粼，呵，有轻微嬉笑声。

周琴微笑，谁好兴致游冬泳。

探头出去，忽而听到有人喊她："小琴出来玩，小琴出来玩。"

周琴咧开嘴，这是谁啊？

她走下卧室，往后园。

站到泳池边，她扬声："谁，谁在这里？"

远处传来说话声："妈妈，哥不穿泳裤，我看到他的——哈哈哈。"

周琴认得是顽皮的周昵。

她放眼看去，果然，七八岁的周昆全身赤裸游泳，只冒出肩膀。

她忍不住笑："昆，过来。"

"妈妈，你也来。"

他招手。

"水不冷吗？"

"不冷不冷，刚刚好。"

周琴到泳池石阶，一级级走进池水，真的不觉冷。

很快水已淹胸。

"妈妈，我接住你。"

周琴再走深一些，不知怎的，擅泳的她竟没有浮水，她很快没顶。

不知过多久，她面孔朝上，浮出水面。

保姆第一个发现，她站在池边，尖叫一声，那绝望伤心恐惧叫声，足以使人血液凝固。

司机闻声而至，纵身落水，把周琴反转，抱上池边，女佣急急叫救护车。

如常，周宅挤满了人，律师、亲信、助手、救护人员、警察，都来了。

警员轻轻做初步问话："昨晚，谁最后见到周女士？"

司机举手。

"可有异样？"

"没有。"

"最近这几天呢？"

司机答："太太常说后园亮着灯，故此，保姆替她通宵开灯。"

警察吁口气，继续问话。

担架上的周琴被抬走。

孙律师告诉比比："叫周昭与周昵回转，快！"

众人没有哭泣流泪，板着面孔办事。

那助手走近："我已知会周先生。"

"怎么说？"

"他轻描淡写：'哦，是醉酒加药物的意外吧。你们办事吧，我身子不大好，缺席。'"

比比点头。

"周太太一向示意不设仪式，不发通告。"

"这我也知道。"

他们都是办事好手。

不到二十四小时，两姐妹赶回，静静并排站一起。

书房内搁一帧周琴最喜欢的照片，桌上放满白色香花，保姆把她喜欢的米兰与玉簪移近一些。

牧师说了几句话，安慰家人一会儿。

周昆坐在轮椅上，木无知觉，被推进。

孙律师同他两个妹妹说："请大家默哀。"

姐妹总算看到周昆。

不说，也认不出，周昆异常红润的脸颊肿得厉害，头发掉许多，她俩握着他的手一会儿，周昆又被推出。

这是她俩最后一次见到周昆。

孙、项两位律师与院方办理手续，让周昆永息。

周氏姐妹俩见面客套。

"准备怎样？"

周昭答："我还是回夏威夷大岛的家。"

周昵说："我回学校，明天启程。"

周昭忽然谈起经济："这大屋怎么办？"

"孙律师说：'如果你们同意，可把它出租。'"

"那也好，不致空着浪费。"

"我们回来住何处？"

"酒店吧。"

"保姆他们呢？"

"解散，或是留一两个在较小单位。"

孙律师答："我则想，老家总要尽量保留。"

周昭没有意见。

这次回来，她整理过仪容，脸上钉子全部除下，衣着整齐，与周昵一般穿黑色衣裤。

那小胡髭青年并无一起，可见只是酒肉伴侣。

保姆捧出首饰盒子："家里找到这些，姐妹分了吧，保险箱许还有，日后再说。"

姐妹俩朝盒子一看，异口同声："难看炫耀至极，不要。"

孙律师骇笑。

保姆说："那么，太太留言，分给各位同事，他们有功劳，孙律师，你先挑。"

孙律师答："我也不要，我每天二十小时孵事务所，从不去应酬场合。"

"孙律师你本身已是晶光灿烂宝石。"

"哪儿有你说得那么好。"

拿到公司，每件首饰标个号码，把所有号码放袋中抽签，各人签收。

比比抽到七号，一枚蓝宝石胸针，她别领前，忽然垂泪。

那助手抽到白色大钻戒，他说："我随时有资格求婚。"声音中却没有欢喜。

老总管拿到金色大珠子，她说："正好天天戴。"

说什么，她都不相信周琴会害人。

她回办公室独自呆足一日。

总管把一块钻表留给保姆。

"各人都有了吧？"

"有。"

女同事问："可以日常佩戴吗？"

"为什么不，都像是假的。"

"还不去工作？"

天上掉下这许多财宝，没有人特别高兴。

接着，他们每天戴着名贵首饰上班工作，物是人非，聊表心意。

周昵返英读书。

"可要我们参加毕业礼？"

"她说不用，没意思，领了文凭就回。"

"往日这样一个黏身小宝，上卫生间都要人陪，怎么今日如此独立，女大十八变。"

"周昭呢？"

"周昭在大岛开设音乐社，名叫流金岁月。"

孙律师说："那是人家一本已出版小说名字，并非一个成语，作者拥有知识产权。"

比比微笑："蔷薇泡沫也是同一作者小说名字，汽酒销路不知多好。"

"可要知会人家一声？"

有客户上来开会，此事搁下。

周氏贸易内外均已变阵，只有周琴当初设计的装潢不变，大家都不舍得拆，原先灯泡坏了都不再买得到，也不愿更新。

老总管在一个严寒冬夜下班在街角等车。

有人招呼她："总管大人。"

这声音好不熟悉，她也一直惦念。

"王抑扬。"

可不就是这小子，他穿一件海军大衣，头戴绒线帽，哈哈笑着，把总管整个人抱起兜圈子。

"放下我，放下我。"

王抑扬说："真想念你。"

"你，回来干什么？"

"看你呀。"

"我？才怪。"

"找个地方坐下。"

"谁同你坐，人家看见，以为我人老心不老。"

"心不老是好事，我们喝咖啡。"

老总管凝视他的脸，叹口气："仍是那么漂亮，你知道你是魔星可是？"

两人到小咖啡店坐下。

王抑扬脱去帽子大衣，里边只穿单衫。

"抑扬，你知道周氏已家散人亡？"

王抑扬搓搓手说："周氏贸易生意不错。"

"你收手吧。"

"我从无动手。"

"你太厉害，并且冷血。"

"见面就狠斥，早知不见你。"

"周昆的事，你难辞其咎。"

"我认识周昆之前，他就是那样的人，如此结局，全家预知。"

"抑扬。"

"总管你身上可有配着警方录音机，喂，欲加之罪，何患无辞？"

"抑扬，那英国流氓琼斯老远来到本市寻人勒索，可是由你指使教唆？"

王抑扬喝完咖啡："我一心以为总管是唯一同情了解我的人，我错了。"

"抑扬，我一见你就心惊肉跳，你离我们越远越好。"

"我一直以为你是明白人。"

"抑扬，周宅已没有完整的人，你还有什么看不过眼。"

王抑扬穿上大衣，只是微笑。

老总管忽然想起一人，声音都变，呛咳起来。

王捧着老总管的手响亮吻一下，轻轻离去。

老总管目瞪口呆动弹不得。

恢复元气后她找到比比。

比比一听消息沉默。

"可怕。"

这是最适合的形容词。

老总管长叹一声。

"他会得说以周昆的性格行为，迟早有此结局，他何以不说以王悠扬那般愚鲁痴缠，也活该有此类灾劫？”

“你猜他回来做什么。”

“也许，他手上有一份周琴给他的秘密遗嘱，全部遗产，原来只属他一人。”

“啐。”

“别把他看得那么重要，见怪不怪，其怪自败。”

老总管说：“只得以不变应万变。”

隔一会儿比比问：“王仍然那么漂亮？”

“我现在明白了，魔鬼并非青面獠牙，头出角，血舌拖老长，魔鬼之相可爱俊美，叫人忍不住亲近，魔鬼且不知有多少利益引诱软弱的人类。”

“王抑扬不过是一个心理略为偏差的孤苦年轻人。”

老总管不语。

她挂念周昭，已去到门口，但周昭谢绝探访。

老人家看到鸭群嘎嘎嘎走过，母鸭带着六只，不，七只小小黄毛幼鸭摇摆走向池边，与童话故事中插画一模一样，她坐在车内欣赏。

司机轻轻说：“可爱呀。”

忽然下了场太阳雨，天际出现双彩虹，美人蕉缓缓开放艳红花苞。

总管刚想说回酒店，有人开门走出。

她定睛，啊，认得是那小胡髭。

他撑着腰，离远看着总管。

总管也下车，撑腰盯着他。

他比照片漂亮，金棕肤色与鬓发，大眼睛，只穿一条短裤，健康身段好看得不得了。

互瞪半晌，他找来一件破汗衫罩上，咳嗽一声："周昭不在家，你可要进来喝杯茶？"

司机管起闲事："女士，别睬他，我送你回酒店。"

"不怕，"老总管说，"你在此等我十分钟。"

平房木门打开，室内倒还明亮。

小胡髭斟咖啡给她。

"请坐。"

两张式样不同的木板凳，一张堆满衣物，总管坐在另一张。

陋室空空，总管目瞪口呆。

胡髭说："我叫乔格逊，我有亲人、学历，家乡在荷兰。"

"周昭也有亲人、学历，我可以说是她的监护人。"

"我们有冰箱与洗衣机，都在车房里，我可以带你参观。"

才坐一会儿，已经被蚊子咬，手臂起红斑。

总管放下一张美元本票。

就在这时，她听见嗯嗯响声，她转头张望，像是小狗小猫叫声。

那乔格逊立刻走到一只纸箱前，弯腰小心轻手抱起一团布巾。

老总管霍地站起，这是什么？

乔走近，拨开软软包裹，老总管退后一步，是婴儿，毛毛头露出一半头，胖胖苹果般的面颊转过，睁大眼睛。

"我的天。"

她颤抖的双臂伸出，抱过襁褓，婴儿小小手臂伸张。

记忆所及，总管从来没有抱过婴儿。

她不敢置信："多大了？"

"两个月。"

"为什么不知会家人？"

"已经准备好照片。"

"穴居人也有亲人，人类一向是群居动物。"

那婴儿好奇，波波作声。

总管紧紧拥抱："孩子——"她几乎不想把婴儿还给胡髭父亲。

"乔格逊，你不会认为此处是幼孩理想居住地吧。"

"邻居众小孩都健康成长。"

"我马上替你们找房子。"

"所以周昭瞒着你们，她说周氏家人最喜把他们的生活方式及人生观强加到别人头上。"

"周昭不是别人，周昭是一个大小姐，况且幼儿怎可睡纸箱？"

婴儿忽然咧嘴笑，胖胖小圆脸有点像周昵。

"是男是女？"

"男孩，姓乔格逊。"

他宣布主权。

老总管镇定下来。

"女士，别叫我后悔放你进屋。"

她低头想一会儿又抬高头想半晌。

终于，她放下小小乔婴。

"谢谢你了解。"

这时刚好司机在门外问："女士，没事吧？"

老总管说："我这就回转。"

乔指着银行本票："多谢馈赠，虽然物质不是一切。"

他与总管拥抱一下，她闻到一股汗酸味。

叹息着上车。

在路口，看到一个年轻女子骑自行车而来。

长发束脑后，车后竹篮装满食物，她穿一件当地土女衣饰叫"嫲嫲"的裙子，随风飘扬，仙女一般。

周昭！

老总管没有叫住她，她明显已丢下往昔。

别人无权闯入她的世界，她需要周氏提供物质之际，一定会亮声。

活得下来的人，总有他们的一套。

她只拿起手机，拍了几张照片。

回到公司，她把讯息告诉比比及助手知悉。

两人张大嘴，半晌合不拢。

"只要健康高兴就好。"

"那小胡髭十分明白事理，比想象中聪敏机灵。"

"睡一只纸箱内？"

助手说："别势利，假如睡 LV 大行李箱就是别致有趣可是？"

"怎么放得下心？"

"幸亏还肯收下周氏津贴。"

"这是他们的独立方式，我比比李离家，十八岁之后衣食住行学费全归自己，且给父母家用。"

老总管说："什么都看今日，比比你此刻名利不缺，健康成长。"

"谢谢你，可是，到底意难平。"

助手说："少年时遭过不少白眼吧，愤愤不平，午夜梦回，十分苦涩。"

"这个世界，只看钱。"

也有例外，周昵与同学，过着刻苦日子，她十八岁生日，众人合款夹份到超级市场买一只六英寸小小甜得发苦的蛋糕，切开抢吃。

周昵说："谢谢，谢谢。"

男同学乘机吻一大口。

"周的面颊比蛋糕香腻。"

她一直称有男友，这男友如真有其人，应实时踢下太平洋：生日、圣诞、过年，甚至毕业礼，都不见人影。

"终于挨到十八岁。"

"是，周昵合法了。"

"毕业后还留在我国否？"

"听说很难找工作。"

"周昵不需要打工。"

周昵答："每个人都必须工作。"

她忍痛置一套西服，开始漫长面试工作，终于在唐人街银行找到实习位置。

此刻唐人街已是另一批人进驻，要会说普通话，周昵连忙跟电脑学国语与沪语。

周末在家，更是苦苦练习。

大雪，只她一个准时到银行门口，站着等开门，上司赶至，把钥匙交给她："你开门，我先去买热饮。"

穿得像因纽特人般的周昵脱下手套开锁。

忽然听到有人叫："小宝。"

她凝住身形。

这声音她梦中听到千百次，没想到在白天也会隐约有所闻。

她叹口气，推开银行大门。

"小宝，是我。"

周昵仍然不相信，她不肯转头，怕一回头连声音都会消失。

声音越来越近："小宝，是王老师。"

她忍无可忍回头，差点撞到那个人身上。

定睛一看，那是活生生的王抑扬，那个声音的主人，周昵还是不相信，伸出双手捧着他面孔，啊，看清楚，笑眯眯的正是王老师。

"你，叫我等了那么久。"

两人紧紧拥抱在一起。

上司捧着热咖啡回转，看到鹅毛大雪里这一幕倒也感动："喂，门开了就可以进去。"

他们却一步一步走远。

两人低声在耳边说话。

雪越下越大，帽檐沾着白边。

两人都以为对方已经遗忘旧事，说起来，连细节都历历在目。

终于，周昵说："我要上班了。"

"几时下班，我回公寓等你。"

"我与其他两个室友同住。"

"我的家，这是地址，就在邻街，从今日开始，你与我住，我服侍你三餐，我替你洗烫打扫。"

周昵高兴得哈哈哈大笑。

"我在附近图书馆当夜班，你不用担心开销。"

周昵整个人跳到他身上。

下班时分，雪停，王抑扬反而撑伞接周昵。

两人步行一会儿，到公寓门口。

周昵紧紧握住王的手，怕他会走失，又或走到一半不见。

十八岁，就是这样天真，她不知道，王老师这次再也不会离去。

到了王抑扬的家，她意外欢呼："热水，暖气，老师，你这里是天堂。"

王连忙捧出准备妥当的菜汤炸鸡，还有啤酒。

"哗，老师，我不走了。"

沙发上有大摞毛巾及新净内衣。

这时开始，又听见周昵毫无机心的哈哈哈不断笑声。

晚餐后，王抑扬让她端坐椅子，蹲下轻轻说："周昵，你可愿意嫁我王抑扬？"

周昵猛点头。

王把她紧紧抱怀中："周昵，我会好好爱护你。"

这话，不是应允周昵，而是同他自己说。

他俩一直留在伦敦，直到周昵在银行三个月实习期满。

银行欲留住周昵做正式职员，她说："我要结婚了。"

"本行有许多已婚员工。"

"我与丈夫商量一下。"

说到她良人，忍不住嘻嘻笑。

上司知道留不住她。

王抑扬每天替周昵按摩小腿："做柜台站得酸软。"非常肉麻手势，因为年轻，因为男欢女爱，当事人或旁观者都觉得理所当然。

他们注册结婚，主礼者正是银行上司，见证人是大学同学。

周昵在一元商店买了一顶万圣节扮新娘的廉价花冠，就那样行礼。

指环，比她姐姐那枚汽水拉扣略为体面，是百货公司一大盘银戒指中的两枚。

同学与同事都说："亿万婚礼许只维持一年，婚姻不同婚礼。"

周昵告诉他们："我自十五岁起，就希望嫁王老师。"

"你们是师生恋。"

王抑扬深吻新娘嘴唇，那感觉似想象中一样，糯软香，他整个人像掉落云层。

他俩窝在小公寓度蜜月，哪里都不去。

在屋里，王也背着周昵四围走，不然，也牵着手。

一日，自外回来，王让周昵看他肩膀上新做文身。

"哟。"

是一道公式，在肩上绕成一个圈，像微型花环般围着肩骨：$N=R^* \times f_p \times n_e \times f_l \times f_i \times f_c \times L$，与周昵足踝上文身配成一对。

周昵开心得笑个不停，双眼眯成细线，可爱到不行。

王抑扬轻轻问："下一步到什么地方，小宝？"

"何处？"

"我们回家。"

"回去干什么？"

"小宝，你是周氏贸易的董事总经理，你母亲把位置传给你，是你回去即位的时候了。"

周昵圆滚滚的大眼看着王抑扬："我没兴趣。"

王抑扬也看着她。

"除非你陪我一起。"

王学着她语气："除非你苦口哀求，说几句我耳朵受用的好听话。"

"唷，王老师。"

周昵笑得打跌："这样吧，你唱我随，我们一起打理周氏贸易，可好？"

"好得很，就这样讲定了。"

"好几十个员工，如何打理？"

王抑扬不假思索："第一件事，解散所有老职员，旧的不去，新的不来。"

他一把抱起年轻的妻子。

在地球另一边，天气恶劣，天空暗如黄昏，雷声隆隆，电光霍霍，震人心弦。

助手说："自古相传就是这种霹雳，把做了亏心事的人揪出殛毙。"

比比说："你害怕，你做过伤天害理之事？"

"一个人必须在有限的环境条件下生存。"

这时，一道强烈电光忽然闪动，像是要透窗而入。

女同事知道雷声跟着要到，连忙掩耳。

果然，大约一秒钟，响雷轰隆隆而至，各人从未经历如此天雷，整座大厦震动一下，屋顶如要揭走。

老总管本在写字，手吓得一颤，笔脱手而去，落在地上。

比比连忙向前："总管，你还可以吧？"

老总管嘴唇哆嗦一下。

比比握住她的手："不怕不怕。"

老总管在比比耳边轻轻说："他逮住了周昵。"

比比一时不明："什么，你说谁？"

再一道闪电透窗而来，同事们纷纷远离电器。

这时比比明白了，她也呆住。

接着一声雷没有前一声响，比比站稳，声音低得不能再低："我们是外人，不过是收取酬劳的职员，不关我们事。"

图书在版编目（CIP）数据

微积分 /（加）亦舒著 . —长沙：湖南文艺出版社，
2019.9
　ISBN 978-7-5404-9251-9

　Ⅰ . ①微…　Ⅱ . ①亦…　Ⅲ . ①长篇小说—加拿大—现代　Ⅳ . ① I711.45

中国版本图书馆 CIP 数据核字（2019）第 095642 号

上架建议：畅销·小说

WEIJIFEN
微积分

作　　者：［加］亦舒
出 版 人：曾赛丰
责任编辑：薛　健　刘诗哲
监　　制：毛闽峰　李　娜
特约策划：李　颖　沈可成　雷清清　张若琳
特约编辑：王　静
特约营销：吴　思　刘　珣　焦亚楠
封面设计：利　锐
版式设计：李　洁
出　　版：湖南文艺出版社
　　　　　（长沙市雨花区东二环一段 508 号　邮编：410014）
网　　址：www.hnwy.net
印　　刷：三河市兴博印务有限公司
经　　销：新华书店
开　　本：775mm × 1120mm　1/32
字　　数：115 千字
印　　张：8
版　　次：2019 年 9 月第 1 版
印　　次：2019 年 9 月第 1 次印刷
书　　号：ISBN 978-7-5404-9251-9
定　　价：49.80 元

若有质量问题，请致电质量监督电话：010-59096394
团购电话：010-59320018